잠깐 망설였어

잠깐 망설였어

1판 1쇄 발행 | 2019년 7월 25일

지은이 | 김희경
발행인 | 이선우
펴낸곳 | 도서출판 선우미디어

등록 | 1997. 8. 7 제305-2014-000020
02643 서울시 동대문구 장한로 12길 40, 101동 203호
☎ 2272-3351, 3352 팩스: 2272-5540
sunwoome@hanmail.net
Printed in Korea ⓒ 2019. 김희경

값 13,000원

※ 잘못된 책은 바꿔 드립니다.
※ 저자와 협의하여 인지 생략합니다.
※ 이 도서의 국립중앙도서관 출판예정도서목록(CIP)은 서지정보유통지원시스템
   홈페이지 (http://seoji.nl.go.kr)와 국가자료공동목록시스템(http://www.nl.go.kr/kolisnet)에서
   이용하실 수 있습니다. (CIP제어번호: CIP2019028300)

ISBN 978-89-5658-617-5 03810

잠깐 망설였어

김희경 에세이

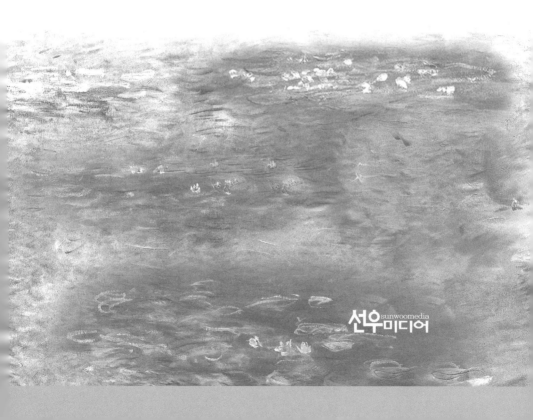

선우미디어 sunwoomedia

∞

부모님께 못 다한 사랑을 글로써 전하고,

추모의 마음으로 바칩니다.

∞

작가의 말

긴 시간, 먼 길을 돌고서야 수줍게 들어선 수필의 세계였습니다. 그곳에는 마음을 맑게 지켜 줄 하늘과 강, 바람이 있습니다. 그리고 아름다운 사람들이 있습니다. 곱지 않은 사람이 어디 있을까요? 사람이 깃들일 때 자연이 더없이 아름답다는 것을 더욱 느끼게 하는 글밭이었습니다.

떨리는 마음으로, 그러나 오롯이 나를 돌아보는 즐거움으로 첫 수필집을 상재한 지 어언 11년. 이렇게 많은 시간이 내 곁을 지나간 것을 알고는 새삼 놀랐습니다. 맑고 튼튼한 소망의 닻줄로 시작한 항해였습니다. 지금 어디만큼 온 것일까 가늠해 보며 두 번째 작품집을 구상하게 되었습니다.

십 년이면 강산도 변한다더니, 그동안 참 많은 일이 일어났습니다. 재직했던 학교에서 떠났고, 정든 동료들과 제자들의 곁에서 멀어졌습니다. 또한 저를 한평생 깊이 품어주신 어머니께서 작고 하셨습니다. 허우룩한 나날이 계속 되었고, 상처받은 마음은 벌판의 나목처럼 차가운 바람을 맞고 있었습니다. 많은 이들이 사라졌고, 적지 않은 이들이 더욱 옹글게 저를 감싸 주었습니다.

조금 더 넉넉한 마음으로 사람답게 사는 세상 이야기를 나누고 싶어졌습니다. 온기 느끼게 하는 사람들의 삶에서는 꽃향기가 날 듯합니다. 꾸준히 쓰다 보면 법정 스님 말씀처럼 사람이 하늘처럼 맑아 보일 날이 오지 않을까 싶습니다. 작은 글이지만, 제 글을 읽는 분들께 삶에 대한 설렘과 소망을 드릴 수 있으면 참 좋겠습니다. 속 깊은 사람들과 따스함이 뿌려진 마음 밭에서 어여쁜 꽃을 피우고, 알찬 열매도 맺었으면 합니다.

어느덧 어머니 가신 지 만 3년이 됩니다. 시간이 갈수록 어머니 생각이 나고, 해 드릴 게 없다는 아쉬움만 커져 갑니다. "넌 작가인데 메모는 잘 하고 있지?" 어느 때처럼 이렇게 물어 봐 주시면 얼마나 좋을까 생각해 봅니다. "그 글 괜찮다."고 하시며 격려하시던 날이 몹시 그립습니다. 이제는 먼저 가신 아버지와 같이 지켜보실 텐데 힘을 내서 살아가는 모습을 보여 드려야 하겠지요. 부모님께 못 다한 사랑을 글로써 전하고, 그 은혜에 조금이나마 보답하고 싶었습니다. 추모의 마음으로 이 글들을 올립니다.

　그동안 쓴 글을 정리하고, 부족한 만큼 글을 쓰면서 조금은 위안이 되었습니다. 등단 19년이 넘었으니 이젠 자유롭게 글을 써보라고, 세상을 향한 날갯짓을 이끌어주신 이명재 교수님께 깊은 감사를 드립니다. 이웅재 교수님을 비롯한 '이음새문학회' 선생님들께도 감사드립니다. 어머니의 마지막 길목에서 함께 온 힘 다한 두 아우와 가족에게 깊은 사랑을 전합니다. 항상 지지하고 염려해준 벗들에게도 고마움의 미소를 보냅니다.

2019년 여름날 어머니를 그리며

김희경

차례

작가의 말 ······ 5

01 영혼의 연

맨손의 연탄배달부 ······ 13
무수 배챠 ······ 18
영혼의 연 ······ 22
투구의 눈빛 ······ 27
눈물 어린 계절 ······ 32
자전거 타기 ······ 37
오카리나 소녀 ······ 42
비밀 친구 ······ 47

02 가고 싶은 섬

이름 없는 비밀노트 ······ 53
발자국 소리도 없이 ······ 58
감사 일기 ······ 63

가고 싶은 섬 ······ 68

잠깐 망설였어 ······ 72

한낮의 쉼 ······ 78

함께 가는 길 ······ 82

03 나무 많은 집

나무 많은 집 ······ 89

가족사진의 비밀 ······ 94

만둣국과 로빈빵 ······ 99

어머니의 틀니 ······ 103

꽃 속에 계절이 ······ 107

집과 나무와 의자와 ······ 112

가지치기 ······ 116

행복 길라잡이 ······ 120

나에게도 선물을 ······ 125

자작나무 숲에는 ······ 130

어머니의 봉투 ······ 135

부모은중경 ······ 141

어머니, 나의 어머니 ······ 146

04 그 한 사람

그 한 사람 ⋯⋯ 155

새해 단상(斷想) ⋯⋯ 160

인도, 꽃으로 피다 ⋯⋯ 165

봄이 오는 소리 ⋯⋯ 171

그 날의 비 ⋯⋯ 175

나, 다니엘 블레이크 ⋯⋯ 180

남대문시장, 그곳에는 ⋯⋯ 185

05 마법의 성

봄을 앓으며 ⋯⋯ 193

별미 ⋯⋯ 198

마법의 성 ⋯⋯ 202

아가씨, 연세는 ⋯⋯ 205

오미자에 마음을 담고 ⋯⋯ 209

일 십 백 천 만 ⋯⋯ 214

단풍나무 길 끝에는 ⋯⋯ 219

행복을 향한 점찍기 ⋯⋯ 223

01

영혼의 연

이제 5월이 뒷모습을 보이고 있다.
늘 바쁘게 허둥지둥 살아가던 우리들,
생명력으로 눈부신 오월 속을 가면서
정말 소중하고 가치 있는 나날을 살고 싶지 아니한가.
지금 이 순간,
사랑으로 영혼의 연을 띄우길
소망해 본다.

맨손의 연탄배달부

해맑은 눈이 달보드레 내려서 지붕이며 담이며 장독마다 소담한 꽃을 피우는 계절이다. 이맘때면 내 입가에 미소를 짓게 하는 겨울 풍경이 있다. 교사로서 첫 부임지인 안면도에서 있었던 이야기이다. 지금은 어떤 모습일지 모르지만 그 때 그곳은 태안에서 들어가는 길목부터 쭉쭉 곧게 뻗은 멋진 해송들이 위풍당당하게 맞이해 주었다. 사계절이 다 아름다웠지만 특히 겨울 풍경이 사랑스러웠다. 잣눈 쌓인 마을 모습은 보는 이에게 더할 나위 없이 푸근하게 다가섰다.

고남리 안남중학교 뒤엔 솔향기 그윽한 당산이 있었다. 그 뒷산을 내려오는 등굣길이 아이들에게는 즐거운 놀이터였다. 눈이 쌓인 날 등교 시간이면 커다란 비닐 포대를 깔고 앉은 아이들의 미끄럼 행진과 환호성으로 온 동네가 떠들썩했다. 아이들을 간신히 진정시키고 수업을 하려는데 뒷문이 드르륵 열렸다. 볼이 발그레한 현순이가 고개를 삐죽 들이민다. 체구가 작고 여리기만 한 아이다. 지각한 이유를 묻는데 쉽게 말을 못하더니 큰 소리로 외친다.

"선생님, 눈이 까맣게, 까맣게 몰려 와유!"

눈이 까맣다는 말에 아이들이 까르르 웃는다. 마음이 급해진 현순이가 이어 말한다.

"눈이 까─맣게 와서 지붕 날라갈까 봐 못 왔시유. 지가 아무래도 지붕 위에 올라가 붙잡어야 헐 거 같아서유!"

"와아, 하하하, 호호호! 바람에 니가 날아가겠구먼!"

터지는 웃음소리에 그 날 우리의 국어 시간은 와글와글 즐겁게 흘러갔다. 아이들은 태고의 모습을 연상시키는 말간 자연을 닮아 있었다.

며칠 후, 나는 추위를 대비하여 연탄을 들여놓게 되었다. 그 동네는 연탄을 주문하면 연탄차가 주문량만큼 내려놓고는 홀랑 가버리는 곳이다. 그걸 몰랐던 나는 한겨울을 나고 봄까지 버티려고 백 장이나 주문했다. 방과 후에 학교에서 열심히 시험지를 등사하고 있었는데 연탄이 도착했다고 전갈이 왔다. 시험 문제를 철필로 꼭꼭 눌러 쓴 후 시험지 등사까지 하는 중이었다. 어깨가 빠질 듯하던 차에 달려 나간 나는 그만 아연실색하고야 말았다. 자취하는 집으로 내려가는 길목에 까만 얼굴의 연탄들이 얌전히 모여 오롯이 나를 기다리고 있지 않은가. '아니, 뭐야! 서울에서처럼 부엌에 다 들여다 줄 줄 알았더니! 이를 어쩐다!' 그걸 모두 내가 날라야 한다는 것을 알고는 다리에서 힘이 쭉 빠져나갔다.

나는 괜히 백 장씩이나 샀다고 후회를 거듭했다. 이리 보고 저리 보고 연탄 주변을 서성이다가 결국 굳게 마음을 다잡았다. 연탄집게 두 개에 각각 한 장씩 두 장을 집어 양손에 들고 나르기 시작했다. 길에서 한참을 내려와 돌아간 나의 자취방 부엌까지가 내게는 너무나도 먼 여정이었다. 그런데 힘겹게 연탄을 내려놓고 돌아 나오다가 나는 자리에 멈춰 서서 움직이지 못했다.

어디서 나타났는지 현순이를 비롯한 아이들 십여 명이 길목에서부터 집까지 일렬로 죽 서서 연탄을 옆으로 전해주기 시작했다. 내가 뭐라고 말하기도 전에 부엌 안까지 척척 전달되어 쌓이던 그 정겨운 연탄 릴레이. 맨손의 연탄배달부들은 칼바람 높게 부는 추위 속에서 뭐가 그리 좋은지 연신 어쩌고저쩌고 이야기꽃을 피웠다. 코끝이 찡해지며 마음속으로부터 무엇이라 형언할 수 없는 것이 그득 밀려 올라왔다.

그들은 번갯불에 콩 볶듯이 그 무겁고 차가운 연탄들을 무사히 정착시켰다. 더운 물에 손 씻고 가라고, 빵이라도 먹고 가라고 붙잡았지만 순식간에 달아난다. 현순이가 마지막으로 꾸벅 인사하고 가는데 손뿐 아니라 얼굴에도 숯칠한 듯 검다. 아이들이 서로의 손과 얼굴에 묻은 그 까만 작품들을 보고 웃어대며 달려간 뒤에도 한참동안 나는 그 자리를 뜰 수 없었다. 그 날, 밤이 이슥하도록 잠들지 못하고 바다로 난 쪽창에 기대어 하염없이 별을 바라보았다. 바람 소리가 윙윙 요란했지만, 작은 내 방은 따끈따끈했고 마음엔 따뜻하고 예쁜 별이 내려 앉아 소중히 품게 되었다.

30년도 더 된 옛 풍경이지만, 요즘도 나는 눈이 내리면 그 때 그 일을 마치 현재 일인 양 생생히 떠올린다. 지금까지도 여전히 빛나는 별로 내 길을 이끌어주는 길잡이들, 그들이 함박눈 내리듯 내 마음에 내려와 앉는다. 여전히 변함없는 온도로 따뜻함을 전해주는 맨손의 연탄배달부들이.

안면도의 겨울
초가집 아궁이 군불 지피는 소리로
하루가 열려

윙윙 북풍 부름에
창을 열면
흰 눈 박힌 보리밭

바닷바람 사나워도
보릿대 잎맥마다 솟구치는
아이들 웃음소리

양지쪽 점점이 널린 김발엔
시린 손 녹이는
햇살 가—득

아직도
머뭇거리는
겨울바람을 달래고 있다.
　　　　－ 졸시 〈안면도의 겨울〉

무수 배챠

제자인 옥경이가 십여 년 전에 큰아들 키울 때 이야기를 입담 좋게 시작한다. 직장 생활을 하면서 아이를 잘 키우기가 버거워서 안면도의 친정에 맡겼었다는 것이다. 그런데 하늘같이 믿었던 친정어머니는 농사일로 바쁘셔서 결국 아이는 옥경이 할머니 차지가 되었다고 한다. 할머니께서는 일흔을 훨씬 넘기셨지만 즐거이 그 일을 해내셨다고.

옥경은 어미로서 잘 키우고 싶은 욕심에 내심 걱정이 되었지만 자신도 할머니의 손에 크다시피 했다는 것을 떠올렸다. 할머니는 자신과 형제들의 든든한 고향 언덕 같은 분이셨다.

옛날 여인네들이 그랬듯이 할머니 역시 많이 배우지는 못하셨다. 그렇지만 오로지 자식들을 위해 평생을 한결같은 모습으로 개미같이 일하며 사셨다. 그리고 이제는 그 자식의 손자까지도

거두며 힘들다 하지 않고 주어진 상황에 맞추며 살아가고 계신
것이다. 활기를 되찾은, 이 젊은 엄마는 한 주내내 오로지 아들
보고픈 마음으로 맹렬히 살다가 토요일이면 친정으로 단걸음에
달려가곤 했다고.

그러던 어느 주말, 여느 때처럼 고향집으로 향했다. 집에 가까
워질수록 아이의 모습이 눈에 선했다. 얼마나 컸을까, 요즘은 또
어떤 예쁜 짓을 할까! 이런 저런 생각으로 마음은 한없이 부풀어
만 갔다.

친정에 도착했을 때, 할머니께서 마침 옥경이 아들에게 한글을
가르치느라 여념이 없으셨다. 어찌된 일인지 아들애는 엄마가 왔
는데도 달려들지 않았다. 할머니가 앉혀놓은 채 그대로 고개만
돌려 엄마를 흘낏 봤을 뿐이었다. 할머니도 옥경을 본 체 만 체
수업을 계속하시는 게 아닌가. 증손의 한글 강습 때문인지 얼굴이
발그레 상기되신 게 여간 열정적인 분위기가 아니었다.

왠지 모를 서운함으로 가슴이 먹먹해서 바라보고 있던 그 순간,
할머니께서 방 한 벽면에 커다랗게 붙어있는 종이를 막대기로 처
억 가리키셨다. 그리고는 아주 진지한 표정으로 무와 배추를 차례
로 짚으며 아이의 눈을 들여다보며 말씀하셨다.

"자, 큰 소리로 다시 따라하는겨, 무수, 배챠…."

어린 아들은 할머니께서 시키시는 대로 제비 새끼가 모이를 받
아먹으려고 할 때처럼 고 조그만 입을 벙긋벙긋 벌려 열심히 따라

했다. "무수, 배챠…."라고 아주 정확하게.

"할머니, 뭐 하시는 거예요? 무수가 뭐예요, 무수가? 그건 우리들 말이죠! 그건 무예요, 무! 또 배챠가 뭐구요, 배추죠, 배추!"

옥경이가 다급하게 끼어들어 할머니를 말렸지만 소용없었다.

"으메, 뭔 상관이여! 겁나게 잘 하고 있는디-. 무수는 무수고, 배챠는 배챤겨."

옥경이는 기가 막혀 입이 떡 벌어졌지만, 할머니의 얼굴은 증손에 대한 진한 흡족함으로 빛이 나며 입이 귀에 걸리셨다.

좌중은 이 이야기를 들으며 웃음보가 터졌다. 모두 눈가에서 눈물을 찍어내며 웃을 수밖에. 나도 자꾸 "무수, 배챠" 흉내를 내다보니 웃음이 끝없이 목구멍을 타고 올라와 참을 수 없는 지경이었다.

그러다 웃음 끝자락에 문득 얼마 전에 들은 도시의 할머니들 얘기가 생각났다. 요즘은 할머니들은 어린 손자들을 단순히 돌보기만 하는 게 아니라 드디어 가르치는 단계로 돌입했다고 한다. 비록 서툰 발음이나마 사전을 들여다보며 하나씩 영어 단어를 가르치기에 여념이 없다는데. 사교육비 비싼 도시에서 아이들 교육에 허덕이는 자식들을 위해 조금이나마 일익을 담당하고자 시작한 일이라고 한다.

아이들은 할머니의 발음을 따라서 조금은 이상할 수도 있는 발음으로 영어공부를 시작한다는데, 참으로 별스런 일이 벌어지기도 한다. 시간이 지나고 녹음기에서 흘러나오는, 제대로 된 영어를 들을 정도가 되면, 아이들은 할머니 발음과 비교하여 잘못된 것을 용케도 찾아낸다는 것이다. 가령, "자, 따라 해 봐. 저건 애쁠!" 하면 지금껏 잘 따라하던 아이들이 어느 날부턴 "아냐, 할머니, 그건 애플!" 그러면서 커간다고 한다. 초보영어이지만 하나씩 제대로 발음하게 되고, 할머니와 그렇게 시작한 공부는 두려움도 없애주는지 나중에 정식으로 영어를 배워도 낯설어하지 않고 수월하게 따라가더라는 말도 들린다. 그 얘기를 듣는 마음 한 구석이 씁쓸하긴 했지만 역시 우리나라 어머님들의 그 높은 교육열을 감지하게 된다.

세상이 바뀌어 한글교육이 영어교육으로 둔갑했다지만 시대를 불문하고 후손을 제대로 가르치고자 하는 할머니들의 진심이야 변할 리가 있으랴. 한글이든, 영어든, 셈 공부든 손자들과 함께 하는 순간의 그 빛나는 정성과 집중력을 무엇에 비길 수 있으리.

옥경이 아들을 밝고 반듯하게 자라게 한 건 아마도 그 때 할머니의 그 "무수, 배챠!" 하던 그 순간의 빛나는 정성 덕분은 아니었을까. 생각할수록 웃음 짓게 하는 명장면이다.

영혼의 연

누군가는, 현대인이 잃어버린 것 중에서 가장 아름다운 것이 편지라고 한다. 편지를 쓴다는 것은 우리 삶을 보다 진실하게, 그리고 아름답게 해 주기에 그렇게 볼 수도 있다. 하루가 다르게 변화하는 요즘엔 번거롭게 편지를 쓰느니 전화 한 통으로 간단히 끝내려는 사람들이 많다. 나아가서 더 간단히 문자로 소식을 전하기도 한다. 그러나 그것으로 편지처럼 마음속 깊은 곳까지 상대방을 초대하여 영혼의 대화를 나누기란 정말 어렵다는 생각이 든다. 가끔은 마음속까지 찾아가서 도란도란 마음을 나눌 수 있는 편지를 써 보는 것은 어떨까?

오래 전, 직장에서 학생 문제로 뜻밖의 어려움을 겪은 적이 있다. 병든 아버지와 조부모를 두고 집을 나간 어머니를 찾겠다고 가출한, 중학교 1학년 박 군이 있었다. 그 아이는 초등학교 시절,

어쩌다 방송에 출연해서 유명 인사가 되었다. 가출한 엄마를 절대 찾지 않겠다고 당돌하게 말하는 바람에 오히려 어른들 가슴 아리게 했다. 중학교에 입학한 그 아이의 담임을 맡게 되었다. 말은 그렇게 했어도 마음은 정반대였을 텐데. 집 나간 아이를 수소문해서 찾아 놓으면 엄마 찾아 또 나가곤 했다. 그러다가 소식 없던 그를 경찰서 유치장에서 발견했을 때의 참담함이란…. 다른 아이들은 14세 미만이고, 부모와 연락이 닿아서 훈방 조치가 내려졌다는데. 박 군은 할머니께서 실종 신고를 했는데도 연락이 닿지 않아 기일을 넘기는 바람에 유치장 신세를 지고 있었다. 그 모습을 본 할머니는 "아이구!" 소리와 함께 주저앉으셨다. 조그마한 아이의 퀭한 눈을 바라보는데 나도 눈물이 흘러 내렸다.

그는 평소에는 인사성이 밝고 참 싹싹했다. 이야기도 곧잘 할 뿐더러 불쌍하신 조부모님 생각도 끔찍이 하던 아이였는데. 엄마 생각만 하면 돌변하는 아이, 외로워 선뜻 옳지 못한 행동을 하는 무리와 휩쓸린 아이. 원래 마음 밭은 부드러웠을 그때를 생각하면 늘 아쉬웠다. 구치소로 가고, 궐석 판결이 내려질 아이를 위해 담임으로서 탄원서를 쓰기로 결심하였다. 담당 검사님을 알아내서 쓴다고 한 것이 그만 선처를 요하는 편지가 되었다. 교직생활 중 처음이자 마지막으로 쓴 탄원서는, 어린 제자를 향한 안타까운 심정이 절절히 드러난 사적인 편지가 되고 말았다.

그 후 결과를 기다리며 잠도 못하고 마음이 괴롭던 어느 날,

나에게 아주 자그마한 꽃바구니가 배달되었다. 손바닥 반 정도 크기의 카드가 꽂혀 있다. 카드엔 "아직도 선생님을 잊지 않고 있습니다." 오직 이 한 문장뿐이다. 안면도에서 가르친 옛 제자, 최군이 헤어지고 십 년 이상 소식이 없다가 보내온 것이다. 비록 짧은 문장이었지만 그 곡진한 마음은 더 잘 느낄 수 있었다. 뜻밖에 가장 힘든 순간 날아든 그 영혼의 편지는 나에게 큰 격려가되었고, 그로부터 또 이십 년이 더 지났어도 아직 어제 일처럼 내 가슴을 뛰게 한다.

그러는 사이에 좋은 결과가 날아들었다. 서툴지만 정성껏 쓴 편지가 기적적인 힘을 발휘하여 박 군을 담당한 검사님 마음을 움직였던 것이다. 아이가 학교로 돌아왔을 때, 나는 편지글의 아름다운 힘에 감동하였다. 더욱이 희한하게도 그 뒤에 어려운 일이 있을 때마다 제자들 편지가 마치 나를 위로하고 응원하듯 날아들곤 했다. 그 글들은 그때마다 지친 나를 일어나게 했다. 그것은 그냥 편지지에 쓴 단순한 문자가 아니었다. 진심어린 말로 내게 띄우는 그들을 '영혼의 연'이라고 부르고 싶다.

이렇게 평소에 말로는 다 풀 수 없던 이야기들을 편지글로 전하면 어떨까 싶다. 말로 느끼지 못했던 상대방의 진심을 알고 서로에게 한 발 가까이 갈 수 있다면 써 볼만 하리라. 가슴속에 담아두었던 쑥스러움과 고마움, 그리고 마음의 고뇌를 솔직하게 털어놓고 나눌 수 있다면 얼마나 좋을지. 고마움과 감사와 미안함에 "사랑합니다." 라고 차마 말하지 못했던 순간들. 이제는 더욱 따스한 마음을 담아 편지를 써야겠다. 어쩌다 멀어져서 서먹해진 친구가 있다면 따끈한 차 한 잔 나누듯 마음에 스며들 사연을 세세히 적은, 영혼의 연을 띄워 보았으면.

이제 5월이 뒷모습을 보이고 있다. 늘 바쁘게 허둥지둥 살아가던 우리들, 생명력으로 눈부신 오월 속을 가면서 정말 소중하고 가치 있는 나날을 살고 싶지 아니한가. 지금 이 순간, 사랑으로 영혼의 연을 띄우길 소망해 본다.

여리던 잎이
연두를 안고
스쳐가는 바람에
몸 일렁이며
싱그러움을 선사합니다.

잠깐의 순간에도
늘 밖으로만
시선을 돌리기에 바빴지만
오랜만에
마음속으로 눈길을 돌려봅니다.

나뭇가지 사이로 보이는
새파란 하늘을,

위로하듯 내려앉아 세상에 윤기를 더하는
햇살을,
스치듯 다가오는 친절한 바람을 담아 봅니다.

연하디 연한 잎새들
웃는 얼굴도
고단함으로 처진 마음도
가득 담을 수 있다면
더욱 좋겠습니다.

지금 들이나 산으로
나가지는 못하지만
마음 채워 그대 향한다면
오월의 나뭇잎처럼
웃을 수 있을 듯합니다.

내 마음 담은
영혼의 연 하나 띄우면
오늘은 어제보다 더 좋은
참, 따스한
시간이 되겠지요.
　　　– 졸시 〈영혼의 연〉

투구의 눈빛

그 아이를 처음 본 것은 1학년 교실에서였다. 중학교에 입학하고 얼마 지나지 않아서인지 학생들의 눈은 너나 할 것 없이 봄햇살에 반짝이는 이슬 같았다. 남학생과 여학생이 반쯤 섞인 그 교실에서 유난히 가무잡잡하고 큰 얼굴에 짙은 눈썹을 가진 단발머리 소녀가 있었다. 쏘아보는 듯 강렬한 여학생의 눈빛이 나를 끌어당겼다. 앞을 보고는 있으나 그저 먼 곳을 향해 고정된 검은 눈동자. 그 눈은 무엇을 보고 있는 걸까.

그러나 그 뿐. 가끔 그런 표정을 보일 때도 있지만 대체로 그 애는 눈을 내리깔고 있거나 고개를 숙이고 있었다. 숙제 검사를 할 때 그 곁으로 가서 말을 걸어보아도 그저 고개를 끄덕이면 그만이었다. 재차 확인하면 비로소 고개를 들어 눈을 치뜬다. 할 말 있으면 해 보라는 듯 도전적으로 바라본다. 큰 눈에서 서늘한 기운이 뿜어져 나오는 것 같았다.

다음 해, 2학년 2반 교실에서 그 아이를 다시 만났을 때 나는 아주 반가웠지만 그 애는 별로 달라지지 않았다. 그 날도 그 학급에 들어가게 되었다. 학생들이 후다닥 자리에 앉았고, 수업은 시작되었다. 그런데 뭔가 좀 이상했다. 나를 힐끔 쳐다보는 학생들. 뭔가 있는 거다. 무엇일까? 교실을 주욱 둘러보았으나 분위기만 묘하게 느껴질 뿐이었다. 수업을 하다가 문득 보게 된 창가의 아이. 거북이처럼 엎드린 아이의 등에는 6월의 햇볕만이 따갑게 내려쬐고 있었다.

그 모습이 마음에 걸려 수소문하다가 뜻밖의 사실을 알게 되었다. 아이는 평소에 누구에게나 짜증을 잘 냈는데 남학생들에겐 유난히 거칠게 대해서 언쟁이 잦다는 것이다. 그래서 짓궂은 남학생들이 언제부턴가 그 애를 '투구'라고 부르기 시작했다고. 그 날도 티격태격하다가 끝내 궁지에 몰린 남학생이 "투구!" 라고 소리쳐서 싸움이 벌어질 판인데 내가 들어감으로써 순식간에 휴전이 된 거였다. 이야기를 들으며 나는 처음 그 아이를 보았을 때의 그 강렬한 눈빛이 떠올랐다. 그리고 그 행동 뒤엔 반드시 무슨 이유가 있을 거라는 생각이 들었다.

마침 국어 숙제로 낸 그 아이의 글을 보게 되었다. 학습활동을 풀이한 짧은 글이었는데 상당히 솔직하게 자신의 생각을 쓴 것이 내 마음을 붙잡았다. 그 당시 나는 연말에 문집을 내기 위해 몇몇

학생들을 지도하고 있던 중이었다. 수업시간에 공개적으로 글공부할 친구들을 모집하였다. 마지막으로 그 아이를 지명하며 재능이 있다고 말하는 걸 잊지 않았다. 학생들이 눈을 둥그렇게 뜨고 그 애를 바라보는 걸 몰래 보며 웃음이 나왔다. 끝까지 고개를 들지 않았던 아이가 며칠 후 날 찾아왔고 "정말 제가 할 수 있어요?" 하며 처음으로 순하게 나를 보았다. 그렇게 투구와의 수필쓰기는 시작되었다.

서둘지 않고 차근차근 글을 써 오게 하고, 첨삭 지도를 하며 5개월 정도의 시간이 지났다. 나는 글을 통해 그 아이에게 가까이 갈 수 있었다. 맞벌이 가정에서 관심을 받지 못한다고 여기는 아이. 여덟 살 위인 언니에 대한 거리감이 관심을 끌었다. 맘껏 사랑받다가 초등학교 1학년 때 태어나 모든 걸 송두리째 앗아간 막내 남동생에 대한 질투, 그리고 초등학교 시절 가장 친했던 친구의 죽음까지 이해되었다. 특히 방과 후 혼자 집에서 깜박 잠이 들어버렸다가 엄마를 부르며 깨어나 텅 빈 집에서 느꼈던, 초등학생의 절대적인 그 외로움을 읽으며 나도 가슴이 먹먹해졌다.

투구가 꼬박꼬박 한 편 한 편 글을 써 오는 것이 나는 신통하기만 했다. 더 잘 쓰는 다른 학생의 글보다 차츰 마음을 열고 다가오는 그 애의 글들을 나는 늘 기다렸다. 투구라고 놀림 받던 소녀는 3학년이 되자 성남시 백일장대회에 나가서 상을 타오는 어린 문사가 되었다. 3학년 졸업을 앞두고 그의 중학교 시절 마지막으로 내는 문집에 〈둘째〉라는 제목으로 글을 실었다. 그 애는 이렇게 쓰고 있다.

"나의 답은 들으실 생각조차 없으신 것 같다. 지금 엄마와 아빠는 언니와 동생의 답만을 기다리고 계신 것은 아닐까? 이것이 둘째라는 이유만으로 내가 겪어야하는 고통이라면, 둘째로 살아가면서 겪어야할 과정 중 하나라면, 지금 당장이라도 다시 태어나 둘째가 아닌 첫째나 막내로서 새로운 인생을 다시 시작하고 싶다. 그렇지 않다면 나는 둘째이기 때문에 언니와 동생 틈새에서 피어난 꽃으로서 아름다운 향을 갖고 살고 싶다. 아름다운 나만의 향기를."

그 후 2007년 5월 스승의 날 즈음해서 도착한 투구의 편지는 한껏 씩씩해진 기운을 보여 주었다. 이제는 아무도 그를 투구라고 놀리지 않는다고. 사실 그 아이는 졸업 전에 이미 자기 자신을 사랑하는 사람의 당당하고 겸손한 눈빛을 지니게 되었다. 사납고 거친 투구가 문학소녀가 되었으니 어찌 그렇게 부를 수 있으리. 오직 나만이 그렇게 부르는 것을. 지금은 고등학교 3학년이 되어 비지땀을 흘리고 있을 투구, 그 애의 편지 마지막 구절이 나를 미소 짓게 한다.

"선생님, 감사합니다. 제 인생의 새 길을 볼 수 있는 눈을 뜨게 해 주셔서요. 정말 고맙습니다. 제가 비록 작가가 못 되더라도 죽을 때까지 저는 늘 선생님께 감사할 거예요. 저 자신을 제대로 보고 제 길을 살아갈 수 있게 해 주셨잖아요. 문학은 제게 새로운 길이었습니다.”

아마도 그 애는 이제 자기 자신만 사랑하는 게 아니라, 그늘진 곳에서 홀로 눈물 흘리는 다른 사람을 볼 수도 있으리라. 강렬했던 그 눈빛이 이해와 배려의 눈빛으로 이슬처럼 반짝일 그 날을 기다리는 건 아주 즐거운 일이다.

“투구야!” 한 번 큰 소리로 불러 볼거나!

눈물 어린 계절

드디어 4월이 미루던 봄꽃의 문을 활짝 열었다. 곳곳에서 꽃의 향연이 펼쳐진다. 말없이 하늘을 바라보는 산수유가 연초록 잎을 달았다. 노랗게 웃으면서 피어나 사람들의 가슴에 봄을 나눠 주던 때보다도 훨씬 의젓하다. 어느 날 한순간에 갑자기 봄의 찬란함을 느낄 때가 있다. 온 누리에 들어찬 생명의 아름다움, 그것은 은밀히 이루어진 자연의 미더운 몸짓이다. 추위 속에서도 꿋꿋하게 수분을 끌어올리고, 햇살에 몸을 맡겨 조금씩 숨을 터뜨린 봄꽃들. 매화, 살구꽃, 진달래, 목련꽃의 속삭임이 세상을 설레게 한다. 봄의 전령사인 버드나무 가지처럼 축축 늘어진 벚꽃이 자태를 뽐내고 있다.

이럴 때면 박목월 시인의 〈사월의 노래〉가 귓가를 맴돌곤 한다. "목련꽃 그늘 아래서 베르테르의 편질 읽노라."로 시작되는 이

시를 노래 부르면 가슴 가득 봄의 정취를 품을 수 있다. 마음이 통하는 이와 함께 부르면 더더욱 정겹다.

얼마 전에 집안 제사를 앞두고 동네 정육점에 갔다. 평소에는 슈퍼에 가서 고기를 사는 편이다. 그런데 오며 가며 보니, 그 가게에 손님이 꽤 많았다. 동네 장사에 물건 품질이 나쁘면 장사가 안 된다는 속설을 떠올렸다. 기대감을 갖고 산적거리와 국거리를 주문했다. 가요를 요란하게 틀어 놓고 흥얼거리며 일하던 주인장이 소리 없이 씩 웃더니,

"제사 있시유?" 한다.

그렇다고 하니까, 요즘 사람들 부모님 제사도 안 지내는 사람이 많다며 특별히 좋은 것으로 골라 주겠다고 한다. 그가 고기를 손보는 동안 여기저기 둘러보았다. 가게 기둥 오른쪽에 붙여 놓은 종이가 눈에 들어온다. A4 용지에 인쇄한 것인데, 두 장을 세로로 이어 위쪽만 붙여서인지 바람이 불 때마다 노랫가락에 맞추듯 펄럭이며 춤추고 있다.

요리조리 춤을 추는 종이를 따라가며 읽은 그 글의 제목은 "나는 행복합니다"였다. 문자로 된 것이라면 버스 타고 가다가도 거리의 간판까지 읽고 가는 내가 그것을 놓칠 리가 없다. '내가 오늘을 다시 살 수 있어서, 하늘을 마음껏 볼 수 있어서, 내 아이들을 위해 일할 수 있어서, 가족이 모두 건강하므로, 봄에 피는 꽃들을 아름답다 여길 마음의 여유가 있어서 나는 행복하다'라고 고백하

는 내용이었다. 얼마나 간절하면 똑같은 것을 두 장씩 붙여 놓았을까. 특별할 것 없는 글이지만, 그 소박함이 오히려 진실하게 느껴졌다.

"괜찮쥬? 요즘 지 맴이구만유, 참말로 행복해유!" 하며, 주인은 싱글벙글 웃는다. 마침 라디오에서 흘러간 노래가 들린다. 인터넷에서도 찾을 수 없는 곡이라면서 좋아하는 빛이 역력하다.

그 때, 가게 왼쪽 기둥에 붙인 글귀가 나를 끌어당긴다.

"목요일엔 꼭 문 닫어유. 엄마 보러 가유!"

재미있으라고 우스갯소리로 쓴 것인 줄 알았다. 그런데 아니었다. 그 아저씨는 고향이 충청도 금산이라면서 매주 팔순 노모를 뵈러 간다고 한다. 고향에 가는 것도 좋지만, 한 주내내 열심히 살고 어머니를 뵈러갈 수가 있어서 그게 그렇게 행복하다고. 매사가 고맙고 감사하다고 말하는 그의 얼굴에서 진심어린 마음꽃을 본 것은 착각이 아니리라. 사람이 진정으로 감사함을 느낄 때, 심장은 가장 편안하고 안정적인 박동을 유지한다고 하지 않는가. 그의 검고 투박한 얼굴에는 고른 심장 소리가 들리듯 아기처럼 편안한 웃음이 어리어 있다.

그 웃음을 보니 지난 금요일 학생들을 인솔하여 분당의 영장산에 갔던 일이 떠오른다. 동료 교사인 등산 전문가 오영숙 선생님과 함께 중학생 삼십여 명이 등반을 시작했다. 아이들은 날다람쥐처럼 잽싸게 산을 오른다. 나는 처지는 학생들을 돌본다고 맨 뒤에서 출발했는데, 등산화 끈이 풀어져서 다시 매기를 두어 번 하다 보니 어느 새 아이들은 시야에서 사라졌다. 산의 화려한 봄빛에 마음을 빼앗겨 두리번거리고 구경 삼매경에 빠져서 점점 걸음이 느려진 탓이다. 왁자지껄 떠드는 소리를 따라 올라갔는데 어느 순간에 그 소리마저 들리지 않게 되었다.

주위가 고요해지자, 적막감 속에서 두려움이 밀려 왔다. 방금 전까지 나를 유혹하던 산 벚꽃이나 진달래의 고운 자태에도 별다른 감흥이 일지 않았다. 도로 내려갈 수도 없을 만큼 올라왔는데, 올라와서는 어디로 가야 할지 길도 모르니…. 땀이 이마에서부터 비죽비죽 나기 시작한다. 한참을 온몸에 땀을 흘리고 서 있던 그때, 연초록 잎새 사이로 다섯 아이들이 꽃비 내리듯 내려오는 게 아닌가. 오 선생님이 내가 안 보인다고 걱정하자, 그들이 일제히 몸을 돌려 내려가는 바람에 선생님도 놀라셨다고 한다. 누가 시키지도 않는데 나를 찾아온 아이들! 내 눈에는 눈물이 어리고, 내 가슴엔 감동의 심장 소리가 콩콩거렸다. "선생님!" 하면서 달려오는 아이들은 사랑스런 봄꽃의 화신이었다.

봄의 향연이 한창인 영장산에서 본 아이들의 연초록 마음꽃을, 목요일마다 엄마를 보러 간다는 행복한 이웃의 얼굴에서 나는 다시 발견하고 있다. 이 계절에 터뜨린 진실한 마음들이 나를 한껏 설레게 한다.

"우리는 달을 보느라 우리 발밑에 핀 작은 꽃을 보지 못한다."

는 슈바이처의 말이 새삼 떠오른다. 사월의 노래가 아니 나올 수
없다.

돌아온 사월은
생명의 등불을 밝혀 든다.
빛나는 꿈의 계절아,
눈물 어린 무지개 계절아-!

자전거 타기

"와아, 자전거를 타고 달리니 신천지가 따로 없네!"

완만하지만 약간 경사진 내리막길에 이르자 앞에 앉은 학생부장인 김우석 선생님이 오른팔을 들어 너울너울 기러기춤을 춘다. 느리게 가자는 신호렷! 한 손을 떼는 게 불안하긴 하지만 얼른 따라서 해 본다. 좁은 도로로 줄지어 따라올 일행의 모습을 뒤돌아보고 싶은 마음이지만 아직 엄두가 나지 않는다. 그저 앞의 움직임에 맞추어 열심히 페달만 밟을 수밖에.

사실 나는 자전거를 전혀 탈 줄 모른다. 대학 1학년 교양학부 체육 과목을 수강 신청할 때 일이다. 우리 과 여학생들이 대체로 '자전거'를 신청하자는데 마음이 모아졌다. 나도 덩달아 함께 신청한 것까지는 좋았다. 첫 체육시간에는 기대감으로 볼을 발그레 물들였다. 친구의 자전거가 흙먼지를 일으키며 운동장을 돌기 시작했고, 나도 생전 처음 자전거에 턱하니 올랐는데 이게 웬일인가. 친구가 뒤에서 붙잡아 주어도 중심을 못 잡고 이리저리 비틀거리다가 급기야는 바퀴가 뒤로 돌아 그만 넘어지는 바람에 혼비백산이 되었다. 순간 자전거들이 여기저기서 돌고 있는 운동장이 그렇게 커 보일 수가 없었다. 놀란 친구들이 몰려오고, 나는 두려움보다 창피한 마음이 앞섰다. 처음엔 그런 거라고 모두들 위로했지만 결국 나는 '배구'로 수강 과목을 변경하고야 말았다.

이런 나에게 학생들을 인솔한 자전거 타기라니! 여름방학 날 학생들과 간부수련회를 가는데 남한강 자전거 길을 자전거로 달리는 것이 첫 일정이었다. 내 걱정이 시작되었다. 나만 빠질 수도 없어서 고심 끝에 김 부장에게 사정을 조심스레 말했다. 그러나 나의 염려와는 달리 그는 시원스레 대답하였다. "뭘 걱정하세요, 제가 있잖아요! 저랑 같이 타시면 됩니다. 둘이 타는 자전거로 제가 앞에서 잘 모실 테니 그냥 뒤에서 페달만 돌리시면 돼요." 그의 실력은 용인에서 분당까지 자전거로 출퇴근할 정도의 자전거 고수였지만, 나는 마음이 영 내키지 않았다.

그러나 시간은 빠르게 흘렀고, 방학이 다가올수록 마음이 점점 무거워만 갔다. 드디어 7월 27일, 여러 사람의 만류에도 불구하고 나는 길을 떠났다. '뭐 자전거, 정 안 되면 버스에 남아서 기다리지. 신에게 맡기자!' 이렇게 마음을 다잡고 떠났다. 장맛비도 내리지 않고, 잔뜩 흐린 날씨에 가끔 서늘한 바람도 분다. 아이들이

들떠서 자전거를 타기에 딱 안성맞춤인 날이라고 말하는 게 들렸다. 별수 없이 자전거를 만나는 운명을 받아들여야 하나. 심장이 쿵쾅쿵쾅, 온몸 구석구석에 그 소리가 요란하게 퍼지는 듯했다. 남한강 자전거길 대여점에서 자전거를 빌렸다. 내가 학생부장과 둘이 탄다는 바람에 다른 선생님들과 아이들도 2인용 자전거를 타겠다는 신청자가 나와서 조금 덜 쑥스러웠다. 내 앞에 예쁜 분홍빛 2인용 자전거가 놓였을 때엔 오히려 마음이 설레기 시작했다.

구름 속에서 해가 나타나면서 뙤약볕이 내리쬐는 길로 우리 일행은 달려 나가기 시작했다. '자, 드디어 간다! 이젠 꼼짝없이 페달을 잘 밟고 가는 수밖에!' 나는 진땀나는 손으로 핸들을 꼭 붙들고 페달 밟느라 정신이 없는데, 김 부장은 가면서 꼼꼼하게 아는 대로 설명하느라 열심이다. 지금 우리가 가는 이 길이 생긴 지는 얼마 안 되었어도 경치는 전국에서 몇째 안에 들 거라고 했다. 이대로 쭉 가면 양평 두물머리까지 갈 수 있다며 언젠가는 그곳에도 가보라고 한다.

시냇물 소리를 들으면서 나무다리도 지나고 곧게 펼쳐진 도로로 들어섰다. 처음엔 오직 그의 등만 보이더니 차츰 왼쪽으로 바람에 살랑이는 나뭇잎의 초록 얼굴도 눈에 들어오고, 이름 모를 새 소리가 마음을 격려하더니, 저기도 사람이 사나 싶을 정도로 멋진 집 등이 마술처럼 펼쳐진다. 산의 끝자락에는 진녹색 잎으로 경례라도 하듯 나무들이 서서 맞이하고 있다.

조금 더 가자 알량한 자신감이 생긴 나는 과감하게 오른쪽으로 고개를 돌려 남한강 물결을 감상하기에 이르렀다. 장마 탓에 맑지는 않아도 팔당댐 수문을 열어서 불어난 물이 위엄 있게 치솟는 광경에 그만 숨이 막혔다. 팔당댐을 거쳐 쏟아져 내리는 물살이 용트림한다. 방류된 물은 거대한 폭포수처럼 튀어 올랐다가는 순간 자기들끼리 단합하여 몰려가는 것이 마치 군사들의 전투 모습처럼 격렬하다. 가끔씩 칠월의 땡볕이 등에 따갑게 내리꽂힐 때면 시원하지 않느냐고 묻는 듯 강바람이 살짝 어루만지며 스쳐가곤 한다.

중간에 펑크가 나서 자전거를 바꾸는 소동까지 치렀다. 자전거를 싣고 오는 대여점 주인을 기다리느라 도로 한 쪽에서 일행과 함께 하는 시간은 달콤한 휴식이다. 시원한 강바람과 이야기꽃을 피우는 즐거움이 산뜻하다. 자전거가 도착해서 다시 하이킹을 시작했는데 폐쇄된 기찻길 선로가 그대로 남아 있는 '봉안터널'에 이르러서는 입이 딱 벌어지고야 말았다. 그곳은 남한강 자전거길 8경 중 2경이라고 한다. 중앙선 폐철도 구간 중 첫 터널이다. 금방이라도 기차가 달려 나올 것 같다. 그곳은 들어서기 전부터 서늘한 냉기가 감지되더니, 내부는 마치 얼음골을 옮겨놓은 듯 시원해서 소름이 돋을 정도이다.

"야!" 뒤에서 아이들이 환호성을 지르는 소리가 계속 울리고 있다. 수려한 자연 풍경, 폐쇄된 기찻길을 그대로 둔 채 자전거 길을 만든 멋진 발상, 이런 묘미를 기존의 자동차 도로로만 다닌다면 절대 맛볼 수 없으리라. 새삼 자전거 타기를 잘 했다는 생각이 든다. 비록 앞에서 내 몸무게까지 실어 더 힘을 내야 하는 김 부장 에게는 정말 미안하지만! 지금은 운행을 끝내고 역사의 막을 내린 능내역에 들러 잠시 추억을 되살리고 거기서 자전거를 돌리기로 했다.

돌아오는 길에 문득 헬스클럽에서 운동하던 일이 떠오른다. 그 때 가장 하기 싫었던 것이 자전거 타기였는데. 유산소운동이라 꼭 해야 한다는 권유에 따라 늘 마지못해 운동 기구에 올라앉았 다. 그럴 때면 나는 눈을 감고 페달을 돌리곤 했다. 마치 내가 지 금 팔당 댐 강물을 따라서 머리카락을 휘날리며 자전거를 탄다고 상상하면서. 그런데 수없이 반복된 그 장면이 이렇게 현실에서 이루어지다니! 가슴이 벅차오른다. 김 부장의 등 뒤 한 점 끝자리 에서 신천지가 열리고 있다.

'와아! 꿈일까, 생시일까.'

오카리나 소녀

8월의 햇볕이 창밖의 산수유 잎마다 그득그득 쌓이고 있다. 작은 잎들은 잠깐씩 불어오는 바람에 제법 살랑거리며 용케도 폭염을 이겨내고 있다. 여름더위 속에서 당직근무를 하고 있는 나를 만나러 J가 왔다. 산수유나무를 스쳐가는 한 줄기 바람처럼 청신한 얼굴을 하고서.

J는 지금 고등학교 3학년이다. 같이 온 후배, 영이보다도 제 키가 작다면서 그녀가 살포시 웃는다. 눈썹까지 둥글게 따라 웃는 얼굴이 산수유 꽃잎 같다. 석 달 후면 다가올 수능 시험 탓에 마음이 무거웠던 것일까. 이제 겨우 끝난 여름방학 보충수업 얘기를 하며 길게 한숨을 짓고, 말끝마다 "너무 힘들었어요."를 덧붙인다. 보충 수업도 힘들고, 그 뒤로 남아서 하는 자율학습도 그렇고, 자기는 기본이 안 되어 있어서 성적도 안 좋고. 도대체 어찌해야

할지 답답해서 왔다고 한다.

　잠자코 웃으며 바라보았더니 다시 웃으며 재잘재잘 이야기를 한다. 대개가 중학교 2학년까지 2년 동안 나와 함께 했던 계발활동인 신문 활용반(N.I.E) 시절 이야기이다. 그곳에서 후배 영이도 만나 지금껏 사이좋게 지내고 있다. 불우한 집안 형편과 친한 친구 하나 없던, 하루 종일 입을 열지 않던 J를 담임선생님이 일부러 나에게 보냈다. 처음엔 무척 막막해했다. 무엇을 어떻게 할지를 모르고, 또 남보다 몇 단계씩 더뎠다. 하지만 절대로 꾀를 부리는 법이 없었다. 힘들어하면서도 매시간 끝까지 해냈다.

　그 애가 차츰 신문 기사에 대한 자신의 생각이나 느낌을 쓰며 표현력이 나아지는 걸 보는 것이 나에겐 큰 기쁨이었다. 그 애는 작품을 만들 때 글로 쓰기보다는 그림으로 표현하곤 했다. 특히 만화를 그릴 때는 놀라운 집중력을 보여 주었다. 처음엔 남들 앞에서 발표를 해야 하는 것이 고역이었지만 그것도 자꾸 하니 괜찮아지더라고 했다. 오히려 어떤 때는 재미있기까지 했다는데.

　3학년이 되어 또 신문활용반에 들겠다는 걸 내가 말렸다. 서운해 하는 눈빛이 역력했다. 내 생각에 이제는 다른 경험을 하게 해 주어야 할 것 같아서였다. 즐거움을 주며, 수강료가 비싸지 않고, 유익한 것으로는 무엇이 있을까를 고심한 끝에 '오카리나반'을 찾아냈다. 담당 선생님께 특별히 부탁을 드리고, 고집부리는 아이에게도 잘 알아듣도록 타일렀다.

음악 실기평가 때마다 연주할 악기가 없어 고심하더니 드디어 마음을 굳혔다. 용기를 낸 점을 격려하고, 자그마한 플라스틱제 오카리나도 하나 마련해 주었다. 집안 형편이 어려운 소녀에게 수강료를 내는 다른 부서는 꿈도 꿀 수 없었다. 청소년 수련관에서 실비로 싸게 해 주는 강습이 있다는 건 행운이었다.

오카리나는 그 기원을 정확하게 알 수 없지만 원래 흙으로 만든 피리를 통칭한다고 볼 수 있다. 이탈리아에서 제사용이나 아이들 장난감으로 쓰이던 것을 1853년에 기우제페 도나티라는 사람이 더욱 발전시켜 오늘과 같은 형태를 만들었다고 한다. 이때부터 작은 새 모양의 생김새를 따서 '새끼거위'라는 의미의 이탈리아어인 '오카리나'로 불려지게 되었다. 흙으로 만든 원시 형태의 악기이지만 보통 관악기와 다르게 끝이 막힌 폐관악기이다. 그래서 그 소리가 따스하고 부드러운 음색에 청아함까지 더해져 '천상의 소리'로 통한다. 우리나라에도 1980년대에 소개되어 듣는 이에게 무한한 감동을 안겨주기도 했다 한다.

손에 쏘옥 들어오는 자그마한 악기에서 나오는 소리는 J의 마음을 사로잡았다. 아무리 쉽게 배울 수 있는 것이 오카리나의 장점이라고는 하나 그 애에게는 무리였다. 본인도 애쓰고 담당 선생님도 악보에 음마다 계이름을 써 주며 각별히 신경 써 주셔서 점차 오카리나 배우기가 친근해졌다. 그 수업은 J에게 아주 즐거운 음악 여행이었다.

그 당시는 일체 말하지 않더니 이번엔 스스로 한 이야기를 들려준다. 고등학교에 입학 후 첫 음악 실기시험을 볼 때 일이란다. 영이는 피아노를 쳤다고 하니까 J가 자기는 그런 애들이 제일 부러웠다고 말한다. 피아노나 바이올린을 연주하는 아이들, 특히 플루트를 연주하는 아이가 매우 부러웠다고.

나와 영이는 동시에 물었다.

"무슨 연주를 했는데?"

대답은 안 하고 웃기만 한다.

"아하, 중학교 때 했던 리코더?"

영이가 물으니 J가 돌연 날 바라본다.

"있잖아요, 그거. 선생님 덕분에 배운 거죠!"

자기 차례가 되어 나갔는데 주먹 쥔 손에는 오카리나 하나가 있었다. 뭘 하려나 궁금해서 말수 적은 조그만 소녀를 눈 동그랗게 뜨고 바라보는 여고생들. 오카리나를 들어 입에 물고 한 음 한 음 정성껏 불었다. 조용한 음악실에 울려 퍼지는, 맑고 고운 소리! 드디어 떨리는 순간이 지나 연주가 끝났을 때 터져 나온 함성에 그만 가슴이 터질 것 같았다고 한다. "우와!" 놀라움을 감추지 못하며 급우들은 감탄했고, 박수를 아끼지 않았다고 한다. 청아한 오카리나 소리와 수줍은 웃음을 띠고 연주하는 그 모습이 단번에 그려져서 이야기를 듣던 나와 영이도 짝짝짝 박수를 칠 수밖에.

"바로 그거야. 네가 낯선 길이라고 가기 싫어할 때 용기를 내서 오카리나를 배워서 그렇게 훌륭한 경험을 했듯이, 지금 안 된다고 생각해도 네가 해야 할 일은 최선을 다해 네 길을 가는 거야. 그렇지 않니?"

"예, 선생님. 잘 알겠어요. 지금 제가 뭘 해야 하는지를."

영이가 있어서 그 다음 말을 하지는 않았지만 나는 알았다. J가 어려운 환경 속에서도 꿋꿋이 잘 해 나가리라는 것을. 흐르는 시간 속에서 그냥 시간만 먹고 산 게 아니라 진정 많이 컸다는 것도. 8월의 땡볕을 끄떡도 하지 않고 이겨내는 자그마한 산수유처럼, 이 오카리나 소녀도 인생의 불볕더위를 잘 헤쳐갈 수 있으리라. 그가 들려준 이야기 속의 아름다운 음률이 순간순간 내 가슴에 작지만 강렬하게 들렸다면 그건 착각일까!

비밀 친구

　외출했다 돌아오니 현관 문 손잡이에 상추 든 비닐봉지가 걸려 있다. 투명 봉투 속에는 여린 상추가 가지런하다. 이리저리 보아도 누가 준 것인지, 누군가 잘못 놓고 간 것인지 알 수가 없다. 가지고 들어와서도 궁금증이 풀리지 않는다. 혹시 먹고 잘못되지는 않겠지만 그래도 선뜻 손이 가지 않는다.

　다음 날 우편물을 가지고 오는데, 같은 줄 끝집 아주머니가 부엌 창가에서 손을 흔든다. 아주 반갑게 웃으면서. 나도 인사를 하고 가다가 번뜩 스치고 가는 게 있어 발길을 돌렸다. 어제 상추 주지 않으셨냐고 물었더니 주춤한다. 그러더니 집에서 키운 것인데 아주 조금이라서 그냥 좀 나눴다고 한다. 한바탕 고맙다고 인사를 하고 오는데, '비밀 친구' 추억이 오래 된 친구처럼 떠오른다.

　직장에서 간 연수 때 여러 가지 프로그램 중 귀한 체험을 하였다. 열흘 동안 하루 종일 이어지던 교육에 '비밀 친구'—'마니또' 라고도 한다—프로그램이 있었다. 첫날에 취지와 방법을 안내받아 시작되었다. 구성원 전체의 이름이 한 명씩 쓰인 종이 한 장씩 뽑아서 그 사람을 비밀 친구로 진행하는 것이다. 자신의 비밀 친구를 비밀에 붙인 채, 끝나는 날까지 상대방에게 돌봄과 배려를 눈치 채지 않게 베풀어야 한다. 강의실 앞문에 커다란 색지를 붙였다. 고동색 나무 모양이 선명하다. 아침마다 다른 사람 보지 않을 때 얼른 그 나무에 예쁜 색깔의 작은 쪽지를 붙인다. 자신의 비밀 친구를 격려하는 내용을 적은 쪽지다. 1교시 강의가 끝나면 자기에게 온 글을 읽느라 문전성시를 이루곤 하였다.

나도 매일 아침마다 나의 비밀 친구에게 격려하는 글을 남겼다. 가끔 사탕이나 초콜릿도 그의 자리에 놓기도 하였다. 연수생들은 다 교사들이었지만 아이처럼 설렘과 기대로 가득 찼다. 나도 쪽지를 붙이면서 혹시 나에게 주는 글이 있는지 찾아보았다. 하루 이틀 기다려 보았으나 보이지 않는다. 내일을 기대해 보았는데 번번이 허탕이었다. 시간이 지날수록 궁금증과 실망이 커져갔다. 끝까지 이런 상황으로 마무리되는 것은 아닌가 하는 불안감이 몰려오기도 하였고, 결국 어떠한 움직임도 감지하지 못한 채 시간이 갔다.

연수가 끝나는 날, 마지막 과정으로 비밀 친구 공개 시간이 되었다. 잔잔히 음악이 흐르는 가운데 제일 먼저 이름불린 연수생이 나갔다. 눈을 감고 서 있으면, 다음엔 이 분의 비밀 친구였던 사람이 나가 그 뒤에 서서 어깨에 양손을 부드럽게 얹는다. 그런 식으로 이어지던 중, 드디어 내 차례가 되었다. 앞 선생님 어깨에 손을 얹고 기다리는데 가슴이 쿵쾅쿵쾅 요동을 친다. '과연 이번엔 누구인지 모를, 그 괘씸한 비밀 친구께서 등장하시겠지!' 기대 반, 불안 반. 숨쉬기가 힘들다.

그런데 이게 무슨 일인가! 얼마나 시간이 흘렀을까? 아주 짧은 시간이더라도 그 당시에 나는 너무나도 긴 시간의 터널을 지켜보는 듯했다. 남들처럼 누군가 나와서 내 어깨에 손을 얹어야 하는데 어떤 손길도 느낄 수 없다. 사막을 혼자 걷는다면 이런 심정일까. 허허로운 가슴에 외로움이 차오른다. 가슴에 이는 모래바람을 맞는 듯하다. 당황한 진행자가 "비밀 친구는 장난하지 마시고 얼른 나오세요." 마이크를 잡고 큰 소리로 외치지만 소식이 없다. 지켜보던 동료들은 갑자기 다 눈을 떠서 두리번거리며 웅성거리기 시작했다. 나는 아무 잘못도 없지만 죄지은 사람처럼 고개를 들 수 없고 그냥 막막하기만 하다.

진행자는 급히 뭔가를 뒤적이더니 얼굴이 굳어진다.

"어머, 죄송합니다. 저희 실수입니다. 이 선생님은 지방에서 오시다가 연수 시작 이틀 만에 교통사고가 나서 연수를 포기하신 분입니다."

이 놀라운 소식에 연수생들은 그분을 걱정하느라 어수선했다. 아무것도 모르고 서운해 한 나도 얼마나 미안하던지. 그분의 회복을 기원하며 프로그램은 계속되었고, 연수는 마무리되었다.

그렇게 절망적이고 캄캄한 감정을 느낀 적이 또 있었던가. 마음 깊은 곳에, 빈 어깨의 황량했던 기억을 안고 학교로 돌아왔다. 그 후로는 학생들을 예사로이 대할 수 없었다. 벗이 없는 이들이 어떤 심정일지 조금이나마 안 지금 어찌 모른 척 할 수 있을까. 특히 학급에서 친구들과 잘 어울리지 못하는 아이들이, 그때 비밀 친구를 기다리던 순간의 나처럼 지독한 외로움을 지니고 있지는 않은지 눈여겨보게 되었다. 어른인 나도 그랬는데 홀로 서 있는 아이들은 얼마나 힘들 것인가. 누구라도 그런 감정을 느끼게 하고 싶지 않아서 먼저 인사를 건네고 근황을 묻곤 하였다. 어떤 경우에도 소외되어서는 안 된다는 의미에서, 나의 진심어린 한 마디가 조금이라도 힘이 되었으면 하는 간절함으로.

인생의 길목에서 만나는 모든 이들에게도 그러하리라. 모든 것은 우리 마음먹기에 달렸음을 생각해야 한다. 내가 행복을 바라는 것처럼 남도 행복을 바라고, 내가 고통 받기를 싫어하듯이 남도 고통 받기를 싫어한다는 평범한 진리를 받아들여야 한다. 자신을 사랑하고 남도 인정한다면, 상대방을 배려하고 존중할 수 있으리라. 상대방을 수용하고, 이해하며, 더 나아가 사랑해야 하리. 그런 마음가짐으로 살아갈 때 우리는 좀 더 넉넉해질 수 있으리라. 나에게 상추를 살짝 준 것을 들킨 이웃은 겸연쩍게 웃었지만, 나에게는 한없이 고마운 비밀 친구다.

02

가
고

싶은

섬

∽

매일 만날 수 없어서 더욱 애틋한,
볼 때마다 대견한 그들의 섬에 나는 가고 싶다고.
우리들 사이에 존재하는 거리감으로
더러는 외로운 순간도 있겠지만 그러면 또 어떤가.
그들 앞에서는 이기적이고 싶지 않다.
흰 머리 생기는 제자와 다 내려놓고
솔직하고 편안하게 마주 보고 싶다.

∽

이름 없는 비밀노트

　분실물에 관한 에피소드! 처음 이 주제는 나에게 아주 먼 나라 이야기인 듯 여겨졌다. 아무리 생각해도 그에 대한 별다른 기억이 없기에. 웬만한 일이면 계획과 확인을 여러 차례 하는 편이라 그런 것일까. 아이들이 잘 잃어버리는 연필이나 지우개 등도 잃어버린 기억조차 없으니 그럴 수도 있겠다 싶다. 그 때, 갑자기 애지중지 여기던 노트를 잃어버렸던 기억이 번갯불 번쩍이듯 가슴을 친다.

　고등학교에 입학하니 아이들은 한창 사춘기라서 자기만의 개성을 살린 책 겉장을 싸느라 열심이었다. 친구 따라 강남 간다고 나도 혜화동 로터리 문방구로 진출했다. 마치 사탕 가게에 들른 어린아이처럼 황홀한 눈빛으로 뜯긴 채 팔리는 영문 잡지 몇 장을 고르기도 하고 책 커버용 투명 비닐까지 샀다. 예쁜 노트들이 크기도, 모양도 다양하게 줄지어 있던 곳, 그곳은 나에겐 별천지였다. 왼쪽으로 한 번, 오른쪽으로 또 한 번 두툼한 겉표지를 젖히면 오롯이 드러나는 자그마한 순백의 종이 노트! 내 손바닥만 한 그 보물은 그곳에서 나와 인연을 맺게 되었다.

누가 시킨 것도 아니었다. 안네가 그의 일기장, 키티에게 그랬듯이 나는 그 노트와 마음을 나누기 시작했다. 좋아하는 시를 적기도 하고, 인상적인 일과 함께 그때그때 단상을 기록하기도 했다. 아무도 모르게 마음을 조금씩 열어가다 보니 어느 새 그곳엔 나만의 글들이 옹기종기 모여 있었다. 지금은 별것 아니지만 당시로서는 미려한 자줏빛 호마이카 책상 첫 번째 서랍이 그의 집이었다. 마치 금고 잠그듯 꼭 채워진 그곳에서 내 영혼의 소리들은 숨을 쉬었다. 연필로 적으면 술술 매끄럽게 써지던 그 노트의 감촉 때문일까. 수시로 노트를 꺼내 글을 쓰는 것이 가슴 설레게 좋았다.

질풍노도의 시기에 이리저리 꼬인 내 생각의 실타래를 그대로 온전히 받아준 좋은 친구, 그 보물엔 내 어린 시가 한 뼘씩 커가고 있었다. 창작의 원천을 찾아 국어국문과에 진학하였다. 개나리처럼 노오란 봄 햇살이 바람 따라 이리저리 마구 달리는 날이면 나는 도서관이나 빈 강의실, 후박나무 그늘 어디에서고 노트를 펴서 메모를 하거나 시구를 적기도 했다. 둘러보면 이 세상은 표현하고 싶은 게 정말 많았다. 그 노트가 없어지기 전까지는.

아르바이트를 마치고 늦게 집으로 돌아온 날, 가방을 정리할 때 발견했다. 노트가 없어졌다는 믿어지지 않는 사실을. 그 날 낮에 학교에서 봤음에도 불구하고 방안 구석구석을 다 뒤질 때 엄습해오던 그 까만 절망감이란…. 밤새 목구멍이 타들어가는 듯했다.

이튿날, 아침도 거르고 달려간 학교에서 전날 들렀던 곳은 다 가보았다. 혹시나 게시판에 분실물 찾아가라는 내용이 있나 이곳저곳 기웃거렸으나 다 허사였다. 매일매일 혹시나 하는 마음으로 목을 빼고 찾고 기다렸으나 그것으로 끝이었다. 하늘이 무너지는 듯 큰 슬픔과 고통, 그리고 지독한 그리움이 몰려왔다. 그 후로는 시를 쓰기가 쉽지 않았다.

이 아픈 기억을 떠올리면서 새삼 발견한 게 있다. 지금 생각하면 좀 우습지만 교사로 재직할 때 내가 늘 사용하던 물건들, 예를 들면 볼펜, 분필 상자들, 컴퓨터용 사인펜, 송곳, 각종 파일, 심지어는 도장에까지 표시를 했다. 견출지에 내 이름 끝 자인 '경(慶)'을 한자로 써서 붙였다. 심하다 싶을 정도로 수도 없이 써 붙인 이름 끝 글자. 왜 그랬는지 생각해 본 적도 없다는 것이 새삼스럽다.

내 사춘기 역사가 고스란히 담긴 보물, 그 비밀노트가 이름조차 없었다는 것을 나는 눈치 채지 못했다. 안네처럼 키티라고 이름 붙이고 불러 주었더라면, 속지에라도 내 이름 석 자를 썼더라면 그 노트가 돌아왔을지도 모른다는 아쉬움. 어쩌면 그것이 내 마음속 깊숙이 있어서 그토록 이름을 써서 붙인 것은 아니었을까. 지금도 맘에 드는 책을 사거나 공책을 사면 꼭 '경' 자를 쓰고 있지 않은가. 뒤늦은 후회와 반성을 하게 된다.

나는 요즘 시가 아닌 수필을 쓰고 있다. 교사로서 한창 바쁜 시절에 고마운 분의 권유로 시작된 수필 공부였다. 대수롭잖게 시작했다가 결코 만만한 길이 아님을 알고 마음 다져 들어선 길이다. 피천득 선생의 〈인연〉 등 좋은 글 필사는 다시 글을 쓰고 싶은 욕구에 불을 당겼다. 놀랍게도 아직 꺼지지 않고 마음 깊이 남아 있던 불씨가 탁탁 타오르기 시작했다. 나는 누군가의 마음에 살며시 다가가서 은은한 감동으로 읽히고, 삭막하고 메마른 일상에서 마음 촉촉이 떠오르게 하는 수필을 쓰고 싶다.

오늘 나는 그 비밀노트를 잃어버리고 너무 오래 그것에 집착했던 것은 아닌지 돌아보게 된다. 혹시 사는 데 지쳐 글쓰기를 게을리한 변명은 아니었는지 자문한다. 어느 선사의 말씀이 떠오른다. "거울이 꽉 차 있으면 새로운 상이 맺히지 못한다."는 가르침. 거울에 가득 사물이 비치면 다른 것을 비출 수 없지 않은가. 나는 이제야 깨닫는다. 사물이 온전히 비춰지려면 거울이 비워져야 가능하듯이 내 마음에도 좋은 생각들이 들어차고, 새 노트에 글을 쓰려면 비밀노트에 대한 지독한 미련도 떨쳤어야 한다는 것을.

나도 모르게 가슴 한 구석에 달고 다니던, 크지만 작은 기억 하나. 이제는 내려놓아야겠다. 이름 없는 비밀노트, 이름 한번 붙여줄 거나! 무심함을 사죄하고 이름 지어주며 내 마음속 좋은 친구로서 모시고 다녀 볼까. 오랜만에 햇살이 따스하게 나를 찾아오고 있다.

발자국 소리도 없이

그 길은 분주하던 1999년 어느 날, 우연처럼 가벼이 내게 왔다.
발자국 소리도 안 내면서 새로운 길이 막 열리려던 참이었다. 김
유천 교장 선생님께서 부르시더니, 느닷없이 수필을 한번 써 보는
게 어떠냐고 물으셨다. 대학 시절까지 시를 썼노라고 말씀드렸다.
수필가이신 선생님은 정색을 하셨고, 나는 너무 바빠 마음의 여유
가 없노라고 엄살을 부렸다. 하지만 수필을 꼭 써야 한다는 선생
님 바람대로 나는 9월 신학기에 중앙대 산업교육원 에세이 과정을
시작하게 되었다. 이명재 교수님 주관으로 이루어진 전문가 과정
이었다.

20세기와 21세기를 잇는 그 시점에 나는 새로운 벗, 수필과 고
락을 함께 한 셈이다. 퇴근 후 분당에서 흑석동까지 가다 보면
길도 막히고 피곤하기도 해서 고행의 길이다 싶었다. 이명재 교수

님을 비롯해서 김병권, 윤재천, 임헌영 선생님 등 훌륭한 분들의 값진 강의도 듣고, 틈틈이 습작을 시도하였다. 시간이 흐를수록 수필이 내게 다가오기 시작했다. 피천득 선생님의 〈인연〉을 필사하며 수필 쓰기가 만만치 않은 일임을 안 것은 큰 깨달음이다. 또한 아무리 좋은 강의를 들어도 내가 쓰지 않으면 아무 소용없다는 것도 알게 되었다.

나는 점점 수필쓰기에 빠져 들었다. 수필가 과정 20여 명 중에서 수료 후 모인 글벗, 세 명은 20세기 끝자락에서 실제 체험을 통한 이음새문학의 산증인이 되었다. 밤잠을 뿌리쳐가며 쓴 글들은 글벗들과 서로 의견을 나누며 첨삭을 거쳤다. 이 과정이 어찌나 재미있던지 한 달에 한 번씩 작품을 들고 만나다가 두 번씩도 만났다. 그동안 러시아 극동대 초빙교수로 가셨던 이 교수님께서 돌아오셔서 우리 공부에 물이 올랐다. 그러나 그뿐. 마음과 현실은 달랐다. 좋은 평가를 기대한 글들은 번번이 교수님께 지적을 받았다. 그럴 때마다 내 마음은 나락으로 떨어지는 듯했다.

교장 선생님께서는 무심한 듯 지내셨지만, 묘하게도 그럴 때마다

"요즘 글공부는 어떠신가?"

하고 은근히 물으시곤 하셨다.

"괜히 시작했나 봐요. 창피하게 매번 지적도 당하고….'

그러면, 껄껄 웃으시며

"더욱 열심히 하라고 그러시는 것을! 그럴수록 힘내서 열심히 하세요!"

이렇듯 격려를 해 주신 덕분에 2001년 〈순수문학〉 2월호에 작품과 함께 신인상 당선 소감을 발표하며 등단하게 되었다. 그것은 가슴 속에 품기만 하고 살던 문학의 불씨에 불을 붙이는 사건이었다. 나는 그 몇 줄 되지 않는 당선 소감을 쓰느라 온 밤 내내 가슴이 두근거렸다. 구름 위에 올라앉은 듯 황홀하여 밤을 하얗게 밝혔다.

당선작 〈은행나무 엄마〉와 당선 소감이 실린 월간 〈순수문학〉 지를 들고 선생님을 찾아뵈었다. 반갑게 맞아주신 선생님께서는 따뜻한 김이 모락모락 피어오르는 만두와 맥주로 축하연을 열어 주셨다. 그 작고 소박한 자리에 감돌던, 따스하고 환한 빛의 느낌을 나는 잊지 못한다.

"김 선생, 축하해! 사람이 세상에 태어났으면 자기 목소리를 내고 살아야 하는 거야. 사람 냄새 나는 좋은 글, 선생님만의 목소리로 멋지게 써 봐요. 그리고 이 만두, 어머님 좀 갖다 드려요. 그동안 얼마나 애쓰셨는가!"

만두의 따끈한 느낌과 함께 힘들었던 순간들이 주마등처럼 스쳐갔다. 그렁그렁 고이는 눈물 속에 감사함이 스며들었다. 나중에 건네주신 축하지에 쓰여 있던 "산고(産苦), 그 뒤 넉넉함을 같이 나누며…." 그 말씀에 지난 시간이 물감 풀어지듯 한다. 고마움이 새록새록 더한다.

　사실 선생님은 학교, 공적인 자리에서는 엄격하고 깍듯하신, 다소 어렵게 느껴지는 분이시다. 그러나 문학의 꽃잠에 든 후배를 깨우고, 수필의 오솔길로 인도하실 때에는 한없이 자애로우시다. 등단 후에도 여러 모로 마음을 써 주시고 이끌어 주셔서 얼마나 감사한지! 여러 문학 행사에 가서 문우들을 만나게 하셨고, 수필 공부에 도움이 될 만한 책들을 권해 힘들지 않게 부족한 부분을 채우도록 해 주셨다.

　가만히 돌이켜 보니 양재동에 있는 외교센터 리더스클럽에서 열린 한 문학 행사를 잊을 수 없다. 그 많은 사람들 중에서도 수필의 대가이신 피천득 선생님과 정면으로 앉을 수 있었다. 바로 수필가이신 김 교장 선생님 덕택이다. 점심시간을 이용해서 간, 그 짧은 시간에 구순이신 피천득 선생님의 귀한 강연을 듣고 많은 생각을 하였다. 사람이 사는 것은 정이 근간을 이루는 것이라고 하셨다. 시나 수필이나 다 가슴으로 쓰는 것이지만, 수필을 잘 쓴다는 것은 참 어려운 일이라던 대가의 말씀. 그 날, 비로소 나는 수필에 대한 버거움을 던져 버리고 마음이 편안해졌다. 그리고 시간상 그곳에서 나가야 할 때에 피 선생님께서 악수를 청하셨다. 내 손을 꼬옥 잡아 주시면서 미소를 머금고 말씀하셨다.

　"좋은 수필 쓰세요!"

　그 아름다운 순간을 회상하면 나는 수필가, 김유천 선생님도 떠올리지 않을 수 없다. 만약 그때 수필로 이끌어주지 않으셨다면, 힘들어할 때 모른 척하셨다면 어찌 되었을까. 낯설고 새로운 길을 간다는 것은 누구에게나 어려운 일이다. 익숙하지 않은 길에 대한 두려움과 망설임을 잘 헤치면서 나아가게 해 주신 그분이야말로 내 문학 길의 진정한 길잡이임을. 새삼 가슴이 느꺼워지며 좋은 수필을 써서 독자들과 공감대를 이루고 싶다고, 소망이 봄날의 새순처럼 다가와서 파릇파릇 고개를 내밀고 있다. 발자국 소리도 없이.

감사 일기

사람이 살다 보면 늘 좋은 일만 있는 것은 아니다. 어떤 때에는 견디기 힘든 상황도 생기고, 그로 인해 뜻하지 않게 캄캄한 터널을 지나듯 어두운 나날을 살기도 한다. 힘든 상황이라고 모든 이가 다 좌절하고 포기하는 것은 아니다. 잘못된 일을 참고 견디며 원인을 찾아내서 없애고 벌떡 일어나는 사람들도 있다. '나는 나'라는 것을 확실히 받아들인 사람들이다. 대체로 이들은 살아오는 동안 단 한 사람이라도 자신을 믿어 주고 아낌없이 밀어주는 지지자가 있던 사람이다. 이처럼 인간에 대한 신뢰와 사랑은 살아가는 데 자신을 지탱하는 뿌리가 된다.

교직 말기에 수업을 하다가 의외로 학생들이 가족에게 받은 상처가 많다는 점에 놀란 적이 있다. 내가 자랄 때에는 어머니에 대한 사랑이 애틋하였다. 그 시대 어머니들은 헌신과 노고의 상징이었다. 어머니를 떠올리면 너무나 가슴 아린, 그리고 너무나 고마워서 눈물 나는 기억들이 있다. 그런데 요즘 아이들의 입에서 더러 어머니에 대한 욕과 흉이 남발되는 경우가 있다. 생각하지 못한 현실이 무척 당황스럽다. 사실 세상의 많은 문제는 인간관계에서 비롯되는 것이며, 더욱이 가장 가까운 가족이기에 많은 이들이 더욱 괴로워한다.

그러나 좋은 인성의 바탕은 가정에 대한 믿음에서, 가족에 대한 사랑에서 비롯되는데 이를 어찌할 것인가? 얼마간 궁리하던 나는 마침 연수를 통해 접한 '회복 탄력성'을 떠올렸다. 여러 가지 시도 끝에 감사 일기를 수업 시간에 적용하기로 하였다. 수업 도입 부분에서 부드럽게 이야기를 끌어내고 오늘 아침부터 등교하여 지금까지 나는 무엇을 했는지를 돌아보게 했다. 그리고 그 중에 감사한 일이 있으면 한 문장으로 쓰자고 하였다. 처음에 즐겁게 이야기를 나누던 학생들은 쓰기를 하라니 모두 쓸 게 없다느니, 어렵다느니 거부 반응이 나온다. 처음에는 다섯 줄 쓰기를 제안했으나 정 없으면 잘 생각해서 쓸 수 있는 데까지 하기로 했다.

궁시렁거리는 아이도 있지만 대부분은 국어 공책에 날짜를 적고는 골똘히 생각에 잠긴 모습이다. 그리고 잠시 후, 눈을 반짝이며 쓰기에 몰두한다. 나는 중학교 1학년 아이들의 이런 모습에 벙긋벙긋 웃음이 나오지만 무심한 척 참는다. 쓸 게 없는 사람은 어떻게 하느냐는 질문도 한다. 오늘 아침에 처음 본 얼굴이 누구냐고 하니 엄마라고 한다. 엄마가 아침을 차려 주셨다고. 그럼 그건 고맙지 않느냐고 했더니 그렇다고. 그걸 한 문장으로 쓰자고. 그런 식으로 시작되었다. 다 쓴 후 수업 진도 때문에 많은 학생을 시킬 수는 없지만, 매시간 늘 3명 정도는 발표를 하였다.

하기 싫다던 아이들도 친구들의 발표가 진행될수록 귀를 기울이기 시작한다. 그리고는 '아, 저런 식으로 하면 되겠구나!' 하는 표정이 된다. 간단한 한 문장이지만 쓰는 이의 마음이, 관심이 고스란히 들어있다. 발표 내용을 들으며 고개를 끄덕이기도 하고, 못 채운 부분을 새로 써 넣기도 한다. "나는 엄마가 깨우지 않았으면 지각할 뻔 했는데 엄마가 깨워 주셔서 감사하다." "나는 맛있는 밥을 먹을 수 있어서 감사하다." "나는 부모님이 싸우지 않고 평화를 지켜 주셔서 정말 감사하다." "나는 오늘 기분 나빴는데 친구가 안녕이라며 웃어주어 감사하다." 이렇게 나가다가 "나는 내가 날씬하고 예쁜 것에 감사하다."고 말하는 학생이 있어서 교실은 와르르 웃음바다가 된다.

처음엔 한 문장을, 한 줄만 쓰던 학생들이 한 학기를 그렇게 했더니 수업 시작 인사만 끝나면 쓰기부터 한다. 다섯 줄이 아니라 열 줄, 스무 줄 늘어가는 아이들의 감사 일기. 그들 스스로도 감사할 게 이렇게 많았느냐고 놀라기도 한다. 발표하기를 주저하던 아이들도 서로 하겠다고 손을 든다. 감사 일기를 쓰려고 자기를 돌아보고, 정신없이 등교한 그 날 아침에도 감사할 일이 많음을 문득 알아차린다. 친구들의 생각과 삶도 어느덧 헤아리게 된, 긍정의 마음으로 변해가는 아이들. 나만 그런 게 아니라는 데서 오는 연대감도 느끼며 커가는 아이들. 지켜보는 나도 감사하다. 참 신기하고, 신나는 일이다. 그 짧은 문장들에서 나와 너와 우리의 생각과 감정을, 현실을, 꿈을 확인하다니…. 이런 가슴 벅찬 시간들이 순간순간 우리를 웃게 하고, 더욱 따스해진 마음의 손을 내밀게 한다.

여름방학이 끝나고 첫 국어시간 일이다. 한 아이가 공책을 보여 준다. 방학 때도 매일 써 내려간 감사 일기였다. 빼곡하게 찬 감사 일기는 내용도 풍부해져 있다. 주로 자신에게 국한되던 내용이 친구, 형제, 이웃으로 확대되어 나가는 것을 발견하면서 푸른 바람 한 줄기 맞이한 것처럼 상큼하다. "나는 내가 살아있음이 감사하다." "나는 나를 잘 이해해 주는 부모님이 계셔서 행복하고 감사하다." "나는 친구가 어려워진 형편을 나에게 말해 주어 진짜 감사하다." 이렇게 삶의 주체로서 자신을 인식하고, 나 외의 타인에게 관심과 존중과 배려를 하며 커가는 속마음이 그려져 있다.

대견해하는 나에게 이 아이 덧붙이는 말,

"방학 때 아침마다 이걸 썼더니요, 엄마가 뭘 쓰냐고 물으시잖아요! 그래서 말씀 드렸더니 보여 달라고 하세요. 뭐, 보여 드렸지요. 근데요, 엄마가 눈을 둥그렇게 뜨고 읽으시더니 좋다고 엄마도 쓰면 안 되느냐고. 그래서 엄마랑 같이 썼어요. 웃기죠?"

말은 웃기다고 하면서도 아이의 얼굴엔 자랑스러움과 뿌듯함이 가득했다. 상상만 해도 그 모녀가 어찌 했을지 아름다운 그림이 떠오른다.

지금은 고3이 되어 어깨가 무거울 그 아이가 그립다. 그 여학생은 여전히 엄마와 속마음까지 털어놓으며 비밀친구로 잘 지내려나, 혹시 어려운 일 있더라도 훌훌 털고 일어나 자신을 찾는 회복탄력성으로 당차게 살고 있을까 궁금해진다. 무기력해진 나도 나를 돌아보아야겠다는 생각이 든다. 아이들과 활기 넘치던 순수한, 그 시절을 그리워하면서. 언제부턴가 멈춘, 나의 공책을 다시 펼쳐야겠다. 그리고 감사 일기를 적어 보련다. 책상에 감사 일기를 놔두고 썼다는 그 아이와 엄마처럼.

가고 싶은 섬

지난겨울, 독서토론 교사 직무연수를 받을 때였다. 그 날, 발표를 맡은 선생님은 〈철학적 시 읽기의 즐거움〉이라는 책에서 정현종 시인의 〈섬〉을 중심으로 발표하였다.

사람들 사이에 섬이 있다
그 섬에 가고 싶다

이 시는 이렇듯 무척 짧지만, 많은 것을 함축하고 있어 우리로 하여금 상상의 즐거움을 누리게 한다. 우리는 고독하기 때문에 소통하려는 것이 아니고, 그 반대로 소통이 되지 않을 때 고독을 느낀다는 발표자의 해석이 가슴에 와 닿았다.

그런데 함께 돌아가며 이야기하는 순서에서 뜻밖의 일이 벌어졌다.

"지금까지 가장 가보고 싶었던 섬은 어떤 섬입니까?"

진행자의 이 질문에 발표자가 그만 나를 지목하는 것이 아닌가. 나는 내 귀를 의심했고 얼굴은 금세 홍당무가 되었다. 그때의 민망함이라니! 진행하시는 분은 한 술 더 떠서 '나의 섬'에 대해 이야기를 해 달라는 게 아닌가. 말하기 어려운 것을 발표한 상대를 존중해서란다. 순간 머릿속에서 온갖 단어가 회전목마처럼 빙글빙글 돌아간다. 이 시의 핵심을 인간의 근원적인 고독으로만 생각하던 나는 입을 다물고 있을 수밖에. 성의껏 대답해 주어야 할 텐데 어찌할까! 그 젊은 선생님의 눈을 보며 용기를 내서 말하기 시작했다. 내 진심이 그분에게 전해지길 바라면서.

"제가 가고 싶은 섬은 '어머니의 섬'이고, '이대규 선생님의 섬'이며, 마지막으로 '제자들의 섬'입니다. 제 어머니께서는 평생 사랑과 헌신으로 저를 넘치도록 믿고 품어 주셨습니다. 이대규 선생님은 교사로 출발한 제게 한 통의 편지로 참된 길을 일러주셨습니다. 공기가 인간에게 필수적인 고마운 존재이지만 자신에게 고마워하기를 바라지 않는 것처럼, 학생들에게 그 어떤 감사의 말도 바라지 말고. 또한 채송화가 장미 되기를 바라지 말고, 사철나무가 소나무 되기를 바라지 말라고 하시던 그 말씀. 이를 가슴에 새기고 교사로서 힘든 고비마다 떠올렸습니다.

초임지인 안면도를 떠나 22년 만에 만난 제자들은 불혹의 나이를 넘겼으나 청량한 가을하늘 같았습니다. 훌쩍 자란, 아니 같이 나이 들어가는 그들 삶의 이야기를 듣고 있자니 어찌나 훈훈하던지요. 마치 내 마음 여기저기에서 맑은 사랑의 종소리가 울려 퍼지는 듯 했습니다. 배웅의 끝자락에서 '선생님, 안아 주세요!' 하며 서로 안아달라고 할 땐 언시(言施)의 극치를 느꼈고, 그것은 제자들에게 배우는, 참 아름다운 세상이었습니다."

이렇게 답하는 동안 나는 그 당시를 생각하면서 또 다시 감사와 사랑으로 얼굴이 달아오름을 느꼈다. 내 말을 경청하던 연수생 선생님들은 눈물을 글썽이고 힘껏 박수를 치며 격려해 주었고, 나는 나를 지목해 준 선생님을 위해 뜨거운 박수를 보냈다. 순간 그 자리에 일렁이던, 작지만 아주 따스한 일치감을 사람들은 눈치챘을까.

그리고 며칠 후 신년 모임에서 덕담을 청하는 안면도 제자들에게 나는 이 이야기를 들려주었다. 어릴 때처럼 여전히 서로를 아끼고 정을 나누며 열심히 사는 그들이 나는 정말 좋다. 눈을 반짝이던 중학생 때보다 더 귀를 기울이며 듣는 그들에게 나는 마음속으로 나직이 말한다. 매일 만날 수 없어서 더욱 애틋, 볼 때마다 대견한 그들의 섬에 나는 가고 싶다고. 우리들 사이에 존재하는 거리감으로 더러는 외로운 순간도 있겠지만 그러면 또 어떤가.

그들 앞에서는 이기적이고 싶지 않다. 흰 머리 생기는 제자와 다 내려놓고 솔직하고 편안하게 마주 보고 싶다. 그들을 만나서 콩콩 뛰는 가슴은 오늘도 충만감으로 가득 차 있다. 그런데 낯선 얼굴이 다시 웃으며 인사한다. 도대체 어떤 모임이기에, 중학교 시절 은사와 이렇게 만남이 이어지는지 궁금해서 친구 따라 나와 봤단다. 활짝 웃으며 인사하는 그의 손을 잡는다. 감사의 마음눈으로 보니 마주잡은 손이 함께 웃는다. 문득 궁금해진다. 그도 나의 제자들 섬에 가고 싶은 걸까.

잠깐 망설였어

봄이 되니 새싹이 돋고, 가을이면 불타는 듯 단풍이 잔치를 벌인다. 시간이 흐르면 계절이 바뀌는 것이 자연의 섭리다. 사람도 마찬가지다. 나이를 먹을수록 우리들 인생길도 다양하게 변화하며 나아간다. 한 동네에서 뛰놀며 같이 자라고, 교실에서 함께 공부하던 그 많던 친구들. 그들은 졸업 후 다들 각자 선택한 길로 흩어졌다. 그 많던 아이들은 다 어디로 갔을까. 문득 궁금하고 그리울 때가 있지 않은가.

나는 섬마을 선생님을 선택한 것을 시작으로 33년 넘도록 교직에 있었다. 대학교를 졸업하고 마음은 한껏 부풀어서 나름대로 열심히 한다고는 했으나 돌아보면 만족스럽지만은 않다. 시를 쓰고 싶어서 일부러 찾아간 시골 생활이었다. 교재 준비를 꼼꼼하게 하고, 그것을 다 가르치려고 노력하였다. 의욕만 앞선, 서툰 초보

교사였다. 그래도 처음 시골 생활을 하니까 신기한 것이 너무 많아 늘 소풍 간 아이처럼 즐겁기만 하였다.

학생들이 쉬는 시간에 교무실 문 밖에서 나를 보면서 "우덜 선상님, 쩌-기 기시다. 잉!" 이렇게 말하는 것을 들으며 마음에 무지개가 떴다. 아이들이 좋아서 방과 후에 학생들과 함께 통학 버스를 타곤 했다. 섬의 끝까지 이리저리 돌아다니는 버스에서 하나둘씩 내릴 때마다 허전함이 한 바구니씩 들어찼다. 운동장에 정차한 버스에서 내리며 향나무, 학교 울타리에 걸린 저녁노을의 아름다움으로 허전함을 채웠다. 하루가 멀다 않고 책상 옆에 공책을 쌓아놓고 검사를 하는 나에게 선배 교사인 정 부장님이 하신 말씀은 두고두고 생각난다.

"훗날, 선생님이 이곳에서 교직생활 시작한 것을 감사하게 여기실 것입니다."

그 말씀은 절절한 울림이 되어 지금까지 살아 있다.

시다운 시를 쓰지도 못하고 교육 활동에 푹 빠져서 3년을 보내다가 성남의 한 학교로 옮겼다. 시골의 남녀 공학 순진한 학생들을 보다가 몇 배는 큰, 남자 중고등학교에서 살려니 정신이 없었다. 그럴수록 시골 버스 정류장에서 울면서 배웅하던 아이들이 차가 움직이자 쫓아오며 손을 흔들던 모습이 두고두고 아련했다.

보리밭 푸르게 출렁이는 날
어설픈 훈장 노릇 3년 채우고
하얀 구름 되어 떠나리라

차부에는 아이들 눈물바람
어쩐지 날 꽁꽁 맬 것만 같아
훌쩍 차에 오르다.

겨우 잊을까 고개 드는데
찾아온 소식마다엔
아이들 체온이 나를 녹이고

3년을 갈무리하는 가슴 깊숙이
"선생님, 왜 떠나시냐고
묻지는 않겠어요.
죠나단의 의미를 알기 때문이죠."
편지글이 가슴 울리며 박히고 있다.
　　　－ 졸시 〈마음을 흔들다〉

　돌아가고 싶었다. 참고 견디며 시간을 보내다 보니 그럭저럭
새 학교의 학생들과도 정이 들어갔다. 낯선 모습일 때와는 전혀
다르게 순수하고 익살맞으며 귀여웠다. 과거는 과거대로 좋았고,
새로운 학교생활 역시 좋아졌다. 아이들과 교정에 흐드러지게 핀
벚꽃 길에서 사진을 찍을 때, 마음속엔 벚꽃 나무 아래서 사진

찍자며 꽃보다 아름답게 웃던 안면도 아이들이 떠올랐다. 그 역시 푸르른 하늘같아 마냥 좋았다.

학교생활의 꽃은 학생들이다. 온갖 어려움에 처한 학생들을 대하며 함께 극복하고자 한 노력의 시간들. 진심을 다해 진실을 말하고, 아이들 마음에 다가가고자 하는 노력이 쌓였다. 그들이 스스로 말을 걸어오기도 하고, 꽁꽁 빗장 지른 마음을 열어 보이기도 하며 커가는 게 내 삶의 활력소가 되었다. 교직은 내게 처음이자 마지막 직업이었는데, 나는 그게 천직인 줄 알고 언제나 고마워하는 마음으로 시간가는 줄 모르고 살았다.

그동안 아버지께서 하늘로 가시고, 어머니께서 외로이 계신데도 그냥 그런 게 삶이겠거니 여겼다. 어머니께서 수술 후 부쩍 기력이 약해지시고 호흡기 질환까지 생겨 응급실, 중환자실을 거쳐서 입원하시니 정신이 버쩍 들었다. 그 때, 교무회의에서 명예퇴직 희망자는 신청하라는 이야기가 전달되었다. 새삼스럽게 나를 돌아보았다. 3월에 시작하여 눈코 뜰 새 없이 바쁘게 지내다 보면 어느덧 중간고사. 시험 보고 진도 맞추다 보면 또 기말고사, 그리고 여름 방학이다. 2학기는 더 짧아서 금방 겨울 방학이 되고, 사정회다, 졸업식이다 하면 일 년이 끝나 종업식이다. 방학이면 교재 연구에, 연수에, 근무에 또 바쁘기만 하다. 정말 세월이 강물처럼 쉼 없이 흘러갔다. 늘 한 집에서 살았으면서도 방학이라고 어머니와 온전히 보낸 날이 과연 며칠이나 될까. 앞으로 정년까지

4년 정도. 또 이런 식으로 1년, 2년 시간은 가고 나는 또 정신없이 살고, 어머니께서는 연세가 있으시니 더욱 힘들어지시겠지! 동료들에게 피해주지 않고 잘 버틸 수 있으려나. 갑자기 그만 두어야 하지 않을까 생각했다. 몇 년 남은 정년이 대수냐 싶었다.

그 순간, 내가 학생들과 해야 할, 또 하고 싶었던 계획들이 마구 떠올랐다. 더구나 올 한 해 같이 보낸 학생들은 얼마나 예쁘던가. 정답게 다가오던 아이들 얼굴이 한 명, 한 명 획획 지나갔다. 그러나 45분 수업에, 10분 쉬는 시간. 틈새 시간에 긴장과 집중으로 해내던 많은 업무들이 또한 압박해 오기 시작한다. 문득 '그래, 박수 칠 때 떠나라는 말도 있지 않은가.' 별 탈 없이 그 많은 세월을 감당하고 지냈음이 더욱 감사하게 느껴진다.

며칠 후, 어머니께 진지하게 말씀드렸다. 네가 그렇게 좋아하는 것을 갑자기 왜 그러느냐고 놀라신다. 할 만큼 해서 이젠 그만 둘 때가 된 것 같다고 하였다. 내 눈을 한참 들여다보시더니 꼭 그렇게 해야 하겠다면 그러라고 하신다. 어머니를 힘껏 온 마음을 다해서 안아 드렸다. 내 마음속에서는 '지금까지 제 곁에서 보듬어 주셔서 감사해요. 이젠 제가 지켜 드릴게요!' 약속하고 있다. 나를 보며 동생이 묻는다.

"언니, 정말 후회 안 하겠어?"

"잠깐 망설였어! 하지만 45분, 10분 인생. 이젠 그만 막을 내릴래."

아무나 할 수 없고, 또 아무렇게나 할 수도 없는 선생님의 길. 학생들에게, 동료들에게 과분한 사랑을 받아서 행복하게 여물어 갔던 나날들이다. 이제는 나무뿌리처럼 굳게 받쳐 주시느라 힘드셨을 어머니와 함께 하고 싶다. 이 세상 소풍길이 아름다웠다고 말하리라는 천상병 시인의 말처럼, 나도 이 학교 소풍길이 아름다웠다고 말하고 싶다.

한낮의 쉼

햇살이 나뭇잎에 살짝 내려앉는다. 연초록 잎이 살포시 웃으며 햇빛을 향해 반가운 표정으로 고갯짓을 한다. 나도 얼굴을 치켜들고 눈을 더욱 더 게슴츠레 뜨며 하늘을 향한다. 이런 나를 누가 보더라도 개의치 않을 심산이다. 낯선 교토 은각사 주변의 하늘이요, 햇살이요, 나무이지만 그저 정답고 따스하다. 참 오랜만에 가져보는 쉼에 얼굴은 발그레 달아오르고, 마음은 맑은 물에 씻기는 듯하다. 이십여 분 기다림의 시간이 지나고 차 마시러 들어가자고 하는데도 마냥 아쉽다.

방금 전 지나온 '철학의 길'이 눈에 삼삼하다. 일본의 한 철학자가 이 길을 걸으며 사색에 빠져서 붙인 이름이라고 한다. 초입부터 이어지는 운치 있는 집들, 아직 활짝 피지는 않았지만 이어지는 온갖 나무 사이에서 서둘러 터트리려는 벚꽃들의 꽃망울, 돌담

밑 개울가엔 수량이 풍부하지는 않지만 졸졸졸 나직하게 노래하며 햇살 받아 반짝이는 옷을 입고 흘러가는 물. 바람이 살며시 다가와서는 개울가를 따라 걸으며 봄의 풍경에 물들어 걷는 내 마음을 두드린다. 이곳에 오면 아주 예쁜 소품을 파는 가게가 많다고 꼭 들러보라던 지인의 말은 저만큼 달아났다. 걷다 보니 여행자의 들뜬 마음이 차분해지고 잡념이 사라지니 고요와 평안이 가득하다. 철학의 길이란 이름이 붙여진 것에 고개를 끄덕이게 된다.

더 걷고 싶은 걸 미루고 찾은 이곳은 근처의 요지아 카페이다. 일본의 전통 가옥을 개조해 만든 곳이다. 손님이 많아서 기다려야 했다. 이 가게의 정원에서 햇살과 바람과 하늘과 놀고 있으려니 기다림이 전혀 지루하지 않다. 나이 들어가는 모습이 싫어서 언제부턴가 사진도 잘 찍지 않았는데, 친구들이 어느 새 스마트 폰을 들이대며 찍기 시작한다. 싫기는커녕 너도 나도 자세까지 고쳐가며 어린아이들처럼 즐거웠다.

카페 안에 들어섰다. 다다미방의 전면이 통유리로 되어 있어서 아름다운 뜰이 한눈에 들어온다. 우리 일행 다섯이 푹 빠져 있던 그곳이다. 특이하게도 차를 마시는 손님들이 그 뜰을 향해 가로로 길게 두 줄로 앉아 있다. 모두 작은 다과상을 한 상씩 앞에 두고서. 나도 이 집에서 유명하다는 맛차와 카푸치노를 주문했다. 우유 거품 위에 요지야 로고를 예쁘게 그려주는데 일본 여인의 모습을 연상시킨다. 실내에 넉넉한 공간이 있음에도 더 들이지 않아 생긴 여유와 그로 인해 하늘과 햇살과 나무와 꽃에 온전히 빠져 느끼는 고즈넉함. 이곳에선 우리처럼 앞줄에 앉은 중국인들, 일본인들도 모두 한 곳을 본다. 각각 한 상씩 독상에서 차를 마시면서 함께 있으되 홀로 자연과 자신을 느낄 수 있다. '나란히, 나란히' 카페라고 느끼며 찻잔에 남은 커피를 천천히 맛본다.

나는 우유 거품 속으로 사라지는 가루녹차를 보며 재직했던 학교를 떠올렸다. 소나무가 교목이었던 그 학교에서는 지금 선생님들과 학생들이 한창 공부하고 있을 시간이다. 나도 한 달 전에는 생기발랄한 그 속에서 정신없이 살았는데, 지금은 이렇듯 이국의 어느 한 카페에서 한낮에 차를 마시며 쉬고 있다. 이럴 수도 있구나! 교정이 아름다운 그곳에서 여유롭게 하늘을 보고 나뭇잎을 바라보기란 하늘의 별 따기였다. 새삼 내가 퇴직했다는 것이 현실로 확실하게 다가왔다. 그곳에서 행복했던 것만큼 이후의 시간도 잘 보내고 싶다. 고개를 좌우로 돌려 나란히 앉은 네 명의 친구들을 살며시 바라본다. 꽃다운 나이에 알게 되어 지금까지 서로의 속마음을 털어놓으며 함께 울고 웃은 우리들. 이 여행도 함께여서 이렇듯 즐겁고 편안하다는 걸 우리는 안다. 이제 그들과 함께 이곳에서 나란히 앉아 한 곳을 바라보며 느낀 평온과 화합의 아름다움을 오래도록 간직하고 싶다.

다음 행선지로 가기 위해 찻집을 나와 다시 돌아가는 길, 철학

자의 길로 이어지는 개울에 결 고운 물이 흘러간다. 그 물살 따라
가는 아기 나뭇잎 하나가 눈에 들어온다. '세상살이 이런 거예요!'
하듯 천천히 가고 있다. 그래, 지난 시간은 저 물처럼 흘러서 갔
다. 그게 인생의 순리라는 걸 우리는 안다. 이제부터의 삶, 순리대
로 잘 열어가고 싶다. 그러면 또 언젠가는 오늘처럼 한낮의 쉼을
맛보는 시간도 오리라. 이렇게 생각하며 가고 있는데 친구 규자가
돌아보며 묻는다.

"희경아, 뭐 생각해! 뭐 좋은 글감 하나 잡았니?"

웃으며 다가오는 그 얼굴이 햇살에 빛난다.

"응, 저 나뭇잎 보니 딱 생각난 게 있어!"

"그래, 잘 됐구나!"

한낮의 햇살 속으로 시간이 천천히 흐르고 있다.

함께 가는 길

"매주 화요일 오후에 하시는 일 있으세요? 없으면 내가 다니는 클래식 음악 감상에 한번 와 보시면 좋을 텐데요."

문학회 활동을 오랫동안 같이 해온 최 선생님 문자 내용이다. 그냥 가서 한 번 들어보고 싫으면 그만이라는 덧붙임에 마음이 움직였다.

그곳에서는 일주일에 한 번, 2시간 반 정도 음악 감상이 이루어진다. 처음 출석한 날엔 딱딱한 의자에 앉아 있기가 무척 불편하였다. 뒷목이 뻐근함은 물론 허리도 아프고 등줄기가 뻣뻣해 왔다. 그런데 다른 30여 명의 수강생들은 흐트러짐 없는 자세로 진지하다. 허리를 꼿꼿이 펴고 앉아 중요 사항은 조그만 글씨로 메모까지 하고 있지 않은가. 해설이 끝나니 조명이 꺼지고 연주 영상이 화면에 들어온다. 슬쩍 옆을 본다. 여든을 넘기신 최 선생님도 바른 자세로 경청하고 계시다. 최 선생님 여고 동창생들이 많은 모임이라고 들었는데 어쩌면 저렇게 바른 자세일까. 대체로 10년 이상 들었다니 참 대단하신 분들 아닌가. '저 분들도 저렇게 잘 들으시는데 조금이라도 젊은 내가 잘 버텨야지!' 생각하면 허리가 저절로 펴진다.

나중에 들으니 그 분들도 처음엔 다 힘들었다고 하신다. 오랜 시간을 듣다 보니 언제부터인지 괜찮아지더라고. 금방 듣고도 금세 잊어버리는 수많은 곡들과 읽기도 어려운 이름, 연주 장소 등 많은 것들이 스쳐 지나간다. 음악 평론가 선 교수님의 꼼꼼하고 친절한 강의에 귀 기울이다가 음악은 물론 여러 분야를 넘나드는 해박한 지식과 열정에 탄복하기도 한다. 작곡가나 연주자, 곡에 대한 해설이 끝나면 영상과 함께 아름다운 선율이 우리를 향해 다가온다.

그 선율에 몸을 담고 있으면 코끝으로 뭉클한 슬픔이 오기도 하고, 때로는 벅찬 환희가 터질 듯 피어오른다. 음악을 들을 때면 작곡가나 연주자의 천재성을 감지하기도 한다. 하지만 견고히 쌓은 그들의 열정과 의지, 노력이 더욱 큰 울림으로 내 마음을 두드린다. 악보도 없이 장시간 땀 흘리며 협연하는 피아노, 바이올린 연주자를 보면 존경스럽다. 덕분에 시간이 갈수록 내 몸은 적응이 되어갔고, 벅찬 감동으로 덩달아 체온까지 오르는 느낌이 든다.

어머니께서 돌아가신 후 하루가 어떻게 가는지 모르고 살았다.

일 년, 이 년 시간이 갔지만, 갈수록 허허로웠다. 홀로 있을 때엔 목구멍까지 울음이 차올랐다. 주변 사람들은 다 별일 없이 사는데, 바람 휙휙 부는 텅 빈 들판에 나만 홀로 서 있는 듯 했다. 그럴 때마다 대학 시절에 쓴 자작시가 번갯불처럼 번쩍 스쳐가곤 했다.

개구리 울음 삼키는
들녘 안개 속
갈라진 삶의 육성이 흐르는데

지난 허물 머리에 이고
팔 들고 선 미루나무
외길 이 편과 저 편
마주 보이고 서로 보아도
더는 가까울 수 없구나.

날은 시방 밝으려는데

슬픈 옛 일 잊으려
가슴을 연주하는 너희는
미루나무 하나, 둘, 셋…
  – 졸시 〈미루나무 하나, 둘, 셋〉

어쩌면 최 선생님은 이런 텅 빈 내 마음을 읽으신 것은 아닐까.

나는 십 수 년을 같이 했어도 그분이 음악 감상을 그리 하고 계신 줄 몰랐는데. 갑자기 제안을 하신 이면에는 내 마음을 헤아리고 넌지시 손을 내밀어 주신 것은 아니었는지.

음악을 들으면서 나에게 조금씩 변화가 왔다. 차가워졌던 가슴에 아주 가느다란 빛이 내린다. 새삼 주위를 바라본다. 마른 샘에 물 고이듯 슬픔과 기쁨, 감사와 염원이 찰랑찰랑 차 오르기 시작한다. 인생 선배께서 내밀어 주신 따스한 배려의 손길에서 느낀 온유한 마음. 그 마음의 온도가 내 마음의 빗장을 열고 따스한 봄빛을 느끼게 하는 것이리라. 티 나지 않은, 관심 어린 한 마디 배려가 냉랭한 마음을 덥혀 편안하게 이끈다. 그러니 나에게는 기다려지는 화요일 아니겠는가.

"선생님과 함께 해서 참 좋아요!"

방금 도착한 선생님의 이 문자에 활짝 미소 짓는 인자하신 모습이 떠오른다. 나도 '화요일, 함께 가는 길이 봄길'이라고 어서 답해야겠다.

03

나무 많은 집

그로부터 50년이 지난 오늘,
나는 나무 많던 그 집을 그리워한다.
간간이 그리워하고,
때때로 집에서 혹은 거리에서든 어디서고.
햇빛에 팔랑거리는 나무를 바라보다가
나뭇잎 틈새로 언뜻 보이는
청명한 하늘을 대하며 새삼 그립다.

∽

나무 많은 집

세상에는 하늘의 별 만큼이나 많은 집들이 있지 않을까. 그 중에서도 눈 감으면 떠오르는 집이 있다. 해맑은 표정의 하늘을 배경으로 나뭇가지 끝을 푸르게 물들이던 집. 어린 시절, 마음껏 꿈을 꾸게 해 준 내 마음속 아늑한 고향이다.

그 집은 수유리로 직장을 옮기신 아버지가 가족을 위해 어렵사리 구한 곳이다. 초등학교 4학년 때 이사 간 날, 나는 왜 이런 집으로 이사를 왔느냐고 볼멘소리를 했다. 뒤로 산기슭이 버티고, 넓은 마당 한가운데 덩그러니 놓인 기와집 한 채. 봄바람만 이리저리 불고 가는 것이 영 스산하기만 했다. 철없는 딸의 말에 부모님은 아무 말씀도 하지 않으셨다. 오직 잰걸음으로 짐을 정리하셨다. 할아버지께서는 그래도 마당 넓은 것이 마음에 든다고 하셨다.

저녁 6시면 어김없이 퇴근해서 돌아오시는 아버지의 발자국 소리는 시간을 알리는 자명종과 같았다. 할아버지께서 온종일 책을 보시고 글을 소리 내어 읽으시다가 오후 세 시경 어김없이 산책을 나가셨다. 마치 철학자 칸트의 정확한 산책처럼. 그가 나타나는 것을 보고 동네사람들이 시계를 보지 않고도 시간을 알 수 있었다고 하지 않는가. 우리 동네에서는 바로 두 분이 그러셨다.

시간이 지나 봄이 무르익었다. 하늘빛 나무 대문을 들어서면 대문 좌우 담장을 따라 전나무, 사철나무들이 묵묵히 서 있다. 어머니께서 매일 집을 쓸고 닦아 안정감이 들 즈음, 아버지는 앞마당에 장미를 심고, 그것을 시작으로 온갖 꽃을 기르기 시작하셨다. 담장엔 찔레꽃이 빨갛게 피었다. 수세미가 여럿 달리고 호박꽃이 노랗게 웃었다. 키 큰 장미가 도도하게 붉은 자태를 뽐내고, 접시꽃, 맨드라미, 백일홍, 무궁화, 분꽃들이 사이좋게 피었다 지곤 했다. 꽃밭 가장자리 둘레에서는 귀염둥이 채송화 무리가 잔치를 벌였다.

지금 생각해 보면 특이하게도 꽃밭 한가운데에서 상추나 파, 심지어는 배추도 길렀다. 농업을 전공하신 아버지는 식물에 관심이 많고 잘 거두셨다. 배추씨를 뿌리고 정성껏 물을 주셨다. 파릇한 연두색 싹이 터서 자라는 것은 마음 설레는 사건이었다. 그럴수록 나도 물을 더 열심히 주었다. 잎에 작은 구멍이 뿅뿅 생기면 벌레 먹은 것이라 했다. 이 예쁜 것을 벌레가 먹다니! 개미도 무서워하던 나였지만 연두 빛깔 배추벌레 탐색 작전은 마다하지 않았다. 우리 가족이 배추를 솎아 주고, 벌어진 잎을 묶어주면서 김장철까지 가는 시간은 즐거운 기다림이었다.

뒤뜰에는 널찍한 장독대가 있었다. 학교에서 돌아온 동생이 배고프다며 간장, 김치, 참기름에 곧잘 밥을 비벼서 먹었다. 어머니의 정성스러운 손질로 반들반들 빛나는 장독들 곁에서 둘이 앉아 한 입씩 나누던 그 밥맛은 왜 그리도 맛나던지…. 밥을 먹다가 바라 본 하늘은 아직 남아 있는 햇빛 속에서 마냥 푸르렀다. 마당에서 뒷산으로 오르는 기슭에 계단이 있었다. 옆집과의 사이에 철망 옆으로 키 큰 아까시나무가 줄지어 서 있고 그 끝으로는 소나무가 호위하듯 자리했다. 밥 먹으며 나뭇가지를 올려다보다가 발견한 비밀 하나. 나뭇가지마다 바람에 흔들리는 나뭇잎 사이로 언뜻언뜻 보이는 하늘이 유독 푸르게 반짝인다는 것을. 그 사실을 알면서 가끔씩 나무를 올려다보며 웃음 짓는 즐거운 버릇이 생겼다.

11월이 하순으로 달려갈 때면 배추를 거두어들인다. 추석이 지나면서 아버지께서 어머니와 함께 경동시장에서 사 오신 고추도 어느 새 고춧가루로 변신해 있고, 어머니와 동네 아주머니들이 함께 소래까지 가서서 구입한 멸치로 담근 멸치액도 준비되어 있다. 김장하는 날, 학교에서 돌아오면 매콤한 양념 냄새와 함께 아주머니들의 음 높은 웃음소리가 뒤뜰에서 메아리친다. 그 당시에는 집집마다 겨울 대비를 하느라 김장을 배추 백 포기, 이백 포기씩 많이 했던 것 같다. 그래서 김장 품앗이를 하였다. 다른 집은 그 날 담근 김치 속과 수육을 내었지만, 우리 집에서는 솜씨 좋은 어머니께서 동태국을 얼큰하게 끓여 내셨다. 바깥마당에서 일하시던 분들에게 갓 지은 밥에 얼큰한 동태국은 속을 시원히 풀어주고도 남았으리라. 함께 이야기하며 즐겁게 김치를 담고 같이 먹는 음식의 훈훈한 맛, 그 맛이 차가운 날씨에 정을 돈독하게 해 준 살맛 아니런가. 그래서 이러한 김장 문화의 가치를 높이 산 유네스코에서 김장 문화를 인류 무형 문화유산으로 지정했을 터이다.

아버지께서는 일찌감치 뒤뜰에 김장독을 묻어 놓으셨다. 우리가 키운 배추는 김장이 끝나고 김장독으로 들어갔다. 나무판자로 김장독을 위한 집짓기는 아버지의 몫이었다. 눈이 오거나 비가 내려도 걱정 없이 김치며 깍두기, 동치미, 짠지 등을 먹을 수 있는 월동 준비를 마쳤다. 먹기 좋게 익은 김치는 겨우내 만두나 부침개, 찌개용으로 그만이다. 눈 내리는 날, 식구들이 모여 도란도란 이야기를 나누며 한밤중에 밤참으로 먹는 김치말이 국수는 또 어떠한가.

그로부터 50년이 지난 오늘, 나는 나무 많던 그 집을 그리워한다. 간간이 그리워하고, 때때로 집에서 혹은 거리에서든 어디서고. 햇빛에 팔랑거리는 나무를 바라보다가 나뭇잎 틈새로 언뜻 보이는 청명한 하늘을 대하며 새삼 그립다. 크고 좋은 집을 원했던 어린 딸의 불평에 아무 말씀 없으셨던 아버지. 사십 초반의 아버지 심정을 이제는 알 듯한데, 같이 이야기하고 싶은데 아버지가 곁에 계시지 않다. 어머니께서도 작년에 아버지 곁으로 가셨다. 부모님과 같이 살던 나무 많은 그 집이 눈물 고이며 자꾸 생각난다. 아버지와 함께 딸 셋이 달려들어 시끌벅적 웃으며 집 벽에 예쁘게 페인트칠하는 걸 내려다보며 나무들은 뭘 생각했을까. 수고했다고 오므라이스를 맛있게 해 주시던 어머니의 손맛은 그들도 인정하지 않을는지.

아마 그곳으로 이사 가지 않았더라면 자연 속으로 들어간 우리의 삶이 얼마나 좋은지를 깨닫지 못했을지 모른다. 하늘과 나무와 꽃들, 우리는 자연 속으로 초대된 손님은 아니었을까. 그 집을 떠나 여러 집을 거치며 살았지만 그곳처럼 편안하지는 않았다. 그때는 몰랐지만 얼마나 사랑스러운 가족이 머무는 집이었는지 깨달으면서 그 때도 그랬지만 지금은 더욱 그립다. 내 마음이 치유되고, 가족이 정으로 단단히 이어지던 집. 나무 많은 그 집이 새록새록 떠오르는데 아버지 목소리가 들리는 듯하다.

"김희경, 여기 배추에 물 좀 주자!"

"예!"

대답하고 냉큼 뛰어가고 싶은 날이다.

가족사진의 비밀

　우리 집에는 두 개의 가족사진이 있다. 거실 벽에 걸린 첫 번째 사진은 아버님 칠순 때 찍은 것이다. 자식들이 아직 미혼인데 무슨 잔치냐고 사양하셔서 간단한 가족 식사와 가족사진으로 대체되었다. 가족들이 노르스름하고 은은한 빛이 도는 액자 속에서 해바라기처럼 웃고 있다. 언제 보아도 다정한 얼굴들이다. 이 사진을 보고는 지인들이 가족사진 하나 찍어야겠다고 말을 하곤 했다.

　두 번째 가족사진은 내가 대학원 졸업을 앞두고 지정된 잠실 사진관에서 찍었다. 졸업 앨범에 들어갈 개인용 사진과 가족사진을 위해서다. 부모님과 동생 유진이, 그리고 막내 유림이 부부와 어린 아이들까지 동원되어 그야말로 한 폭의 그림 같은 풍경이 되었다. 그 때 사진관측에서, 원하는 졸업생에게는 가족사진을 액자에 넣어 할인된 가격으로 판매하기도 하였다. 집에 이미 가족사진이 있어서 나는 구입하지 않기로 했다.

그런데 시간이 흐른 뒤 생각하지도 못한 일이 벌어졌다. 이 세상에 존재하는지도 몰랐던 앨범 속 사진이 우리 가족 눈앞에 등장한 것이다. 목동에 살던 막냇동생의 어린 아들이 전화를 하면서 시작되었다. 그 동네 사진관에 턱하니 걸린 우리 가족사진을 발견했다니 믿기가 어려웠다. 그 때가 아버지께서 작고하시고 얼마 되지 않은 때였다. 슬픔에 잠겨 침묵 속으로 침잠하던 가족들에게 그 일은 섬광처럼 다가왔다. 며칠 전 유진이가,

"언니, 어젯밤 꿈에서 아버지가 사진을 잘 간직하라고 하시던데! 이건 무슨 꿈이지?"

지나가는 말처럼 묻던 것이 기억났다.

가족사진 속에서 앳된 꼬마였던 조카, 재일이가 초등학생이 되었다. 아버지 사랑을 듬뿍 받은 재일이는 자기가 할아버지 가족사진을 찾아냈다고 난리다. 우연히 아파트 주변 상가 광고 책자를 뒤적이다가 사진관 광고 한 면에 조그맣게 실린 것을 발견하고는 제 엄마에게 고한 것이다. 흥분하여 믿어지지도 않는 우리에게 동생네는 알아서 처리하겠다고 말하였다.

드디어 만나게 된 사진 이야기는 더욱 극적이었다. 막냇동생 부부가 그 사진관을 찾아가서 어떻게 된 것이냐고 물으니 사진관 주인이 시치미를 딱 떼더라고 한다. 젊은이가 사과 한 마디 없이

막무가내로 나온 모양이다. 좋게 말하고 해결하려던 것이 급기야 초상권 문제까지 들먹이며 좋지 않은 상황에 이르렀다. 전에 있던 사진관을 그만 둘 때, 잘된 사진 몇 점을 갖고 나온 것이 뭐가 잘못 되었느냐고 반문하니 기가 찰 노릇이었다고. 결국 대학원 졸업 사진관 사장님께 연락하겠다고 할 수밖에 없었다고. 길길이 날뛰던 주인은 한참을 씩씩거리며 노려보더니 사진 액자를 해체한 후 어느 틈에 사진 한 귀퉁이를 찢어 놓더라고 했다. 놀란 제부가 말릴 새도 없이 벌어진 일이라고.

그렇게 해서 우리 곁으로 온 사진은 우리 가족 말문을 막히게 하였다. 앨범 속 사진을 어찌나 크게 뽑았는지, 아니 그보다 그 사진을 어찌 저렇게 상하게 했는지…. 아버지 빈자리에서 슬픔에 실려 지내시던 어머니는 그저 하염없이 바라보셨다. 아버지 돌아가시고 눈물을 한 방울도 보이지 않으시다가 장례식을 끝내고는 홀로 소리 죽여 우시던 어머니. 그 어머니 눈에 눈물이 다시 고인다. 우리는 사진이 이렇게 된 것은 속상하지만 그나마 천만 다행이라고 짐짓 떠들어댔다. 인물이 아닌, 바탕 밑쪽을 찢었으니 얼마나 다행이냐고. 동생이 꿈꾼 것도 말씀드리니 어머니는 골똘히 생각에 잠기신다.

나는 이 사진을 어떻게 할지 동료 미술교사에게 의논하였다. 그도 이야기를 듣고 매우 놀라더니 걱정하지 말라고 한다. 어떻게 그런 일이 있는지, 또 그 넓은 서울에서 그것을 찾아낸 것도 놀랍다고 한다. 그렇지만 반드시 좋은 방안을 찾겠노라고 위로해 준다. 아버지께서 생전에 제일 강조하신 것이 무엇이냐고 묻는다. 아버지는 평생 하루도 빠짐없이 일요일조차 늦잠 자는 일 없이 사셨노라고 했다. 출퇴근은 물론이고 제때 할 일을 부지런히 실행하신 분이라고. 덕분에 우리들은 일요일에 늦잠 한 번 자는 일없이 컸다고.

이 말을 듣고 동료는 찢어진 사진 밑 부분에 사진 바탕색과 흡사한 거무스름한 종이에 흰색으로 '근면'이라고 글자를 넣어 상처를 가리자고 한다. 동료는 화방 하는 친구와 상의해서 사진을 그림 액자에 넣기로 했다. 가로 80, 세로 70센티미터는 넘을 사진 바탕을 흰색에 보일 듯 말듯 나무색 무늬가 든 것으로 깔았다. 세련되게 금색 줄이 가느다랗게 들어간 큼직한 초콜릿 빛 액자는 사진 완성도를 높여 주었다. 그것이 안방 벽에 걸리니 어머니 홀로 계시던 방이 어쩐지 쓸쓸하지 않다. 비로소 아버지 빈자리가 꽉 채워지는 느낌이라고나 할까.

그 날, 우리 가족은 어머니를 모시고 안방에 둘러앉아 밤늦도록 아버지를 추억하며 잠들지 못했다. 동생 꿈 이야기도 나누었다. 신기하고 묘한 기분을 떨칠 수 없다. 아버지께서는 맏딸인 나에게 유난히 엄격하셨다. 나이가 들면서도 그것이 마음에 걸려서 살갑지 못하였다. 삼대를 이끄는 가장의 심정을 한 번도 헤아려 드리지 못한, 어리석은 딸이었던 것이다. 그러면서도 그것이 잘못이라는 것조차 깨닫지 못하다니. 이제 시간을 돌이킬 수도 없는데 시간이 갈수록 못해 드린 것만 새록새록 생각이 난다.

어머니 살아생전에 이렇게 사진을 찾게 된 것이 우연만은 아닌 것 같다. 그것도 당신께서 끔찍이도 아꼈던 손자의 눈을 통해 발견한 것도…. 그 사진 찍을 때, 내가 사드린 모자를 멋지게 쓰고 있다가 벗으려 하시니 사진사가 만류하던 생각이 난다. 좋다고 그냥 쓰시라고 했는데. 지금 보니 손녀딸, 재원이가 인자하게 웃으시는 할아버지 뒤에서, 코바늘로 뜬 베레모를 쓰고 생긋 웃고 있다. 그 순간 나는 그 사진의 주인공이 아버지였음을 비로소 깨달았다.

사진 속 그 시절이, 모두가 건강하고 걱정 없던 그 때가 아버지와 우리 가족들에게 가장 행복한 시간은 아니었을까. 가족사진은 뒤늦게나마 아버지의, 산처럼 묵직하고 깊은 사랑으로 가족을 찾아온 듯하다. 아무리 사랑해도 영원히 함께 할 수 없음을, 그리고 사랑할 시간이 많이 남아 있지도 않음을 전하려고.

만둣국과 로빈빵

나에게는 '엄마' 하면 떠오르는 음식이 있다. 따끈하게 끓여낸 만둣국이다. 추석을 앞두고 온가족이 둘러앉아 송편을 빚듯이 우리 가족은 설날 전 저녁이면 만두를 빚었다. 설맞이 대청소부터 시작된 어머니의 설 준비 여정이 마무리되는 즈음이다. 다른 일은 도와 드릴 수 없었지만 만두 빚는 일은 할아버지를 제외하곤 모두 힘을 더했다. 집안일은 어머니께 맡기고 바깥일만 하시던 아버지께서도 이 날만은 만두피를 만드셨다. 일찍 자면 눈썹이 하얗게 센다는 어른들 말씀에 아이들은 잠자리에 들 수도 없었다.

밀가루 반죽과 도마, 밀대, 그리고 사람 수만큼 수저 꽂힌 만두소 그릇의 등장은 만두 빚기의 신호탄이었다. 만두피 만들기는 언제나 아버지 몫이었다. 아버지께서는 반죽을 도마 위에 올려놓고 밀대로 힘껏 미셨다. 밀면 밀수록 주먹만 한 밀가루 반죽이 점점 펴지며 평평하게 얇아지는 모양이 신기하기만 했다. 그 위로 작은 주전자 뚜껑을 도장 찍듯이 꾹꾹 누르면 아기 보름달 같은 만두피가 하나씩 튀어나왔다. 눈을 반짝이며 기다리던 이들은 잽싸게 손이 나갔다. 각자 한 장씩 만두피를 선택해서 손바닥에 올려놓고 고기와 두부, 김치, 숙주나물 등이 어우러진 만두소를 한 숟가락씩 담았다. 만두피 끝부분을 서로 모아 둥글게 붙여나가면 살이 통통한 초승달 모양으로 된 것을 양 끝을 오므려 붙여 둥글게 만들었다.

그런데 분명 어머니께서 만드시는 것을 그대로 따라 했건만 완성된 만두 모양은 제각각이었다. 할머니와 어머니 만두는 봉긋한 것이 아주 탐스러운 반면 아이들이 만든 것은 작고 쭈글쭈글하거나 붙인 부분이 벌써 터져서 입을 헤벌린 못난이처럼 모양이 영 아니었다. 할머니께선 '흥흥!' 웃으셨다. 그 웃음소리가 왠지 싫어 더 열심히 해 보았으나 나의 만두는 영 나아질 기미가 보이지 않았다. 동생들과 서로 "내가 잘 했네!" 떠들며 만두를 빚다 보면 밤은 깊어가고, 우리들의 잠은 저만큼 달아나 버렸다.

설 전날 찬밥을 남기지 않는 풍습으로 멸치국물에 국수를 말아 식사를 한 때문일까. 배가 고파왔다. 막냇동생이 슬슬 장난을 하기 시작한다. 만두피 모양을 찍어내고 남은 반죽 찌꺼기들을 모아 찰흙으로 만들기 하듯 이것저것 하고 있다. 어머니께서는 날랜 솜씨로 만두를 빚으시다가 "먹는 거로 장난하는 거 아니다!" 하시고는 반죽을 빼앗으신다. 시무룩해진 동생을 보며 이제 다 되어가니 조금만 참자고 말씀하신다. 우리는 그 뒤에 무엇이 있는지 알기에 슬며시 얼굴에 웃음이 피어난다.

칼국수를 하거나 만두 빚는 날이면 어머니께서 남은 반죽 찌꺼기를 모아 해 주시던 추억의 빵! 반죽 뭉치를 밀다가 기름을 바르고는 그것을 접어 다시 밀대로 미는 과정을 여러 차례 반복하셨다. 다 되었다 싶으면 그것을 빈대떡처럼 둥글게 펴 밀어서 팬에 구우셨다. 우리는 그것을 '로빈빵'이라고 불렀다. 나중에서야 인도 음식에 그와 비슷한 '로띠'가 있다는 것을 알았지만. 구워진 빵은 여러 번 기름을 발라 밀어서인지 약간 부풀었다. 겉은 바삭했지만 속은 여러 겹으로 얇은 층이 있어서 조금씩 뜯어먹는 재미가 있었다. 특별한 군것질거리가 없던 그 시절에 어머니께서는 종종 만들어주시곤 했다. 찐빵이며 누룽지 튀김 등 여러 가지를 맛있게 해 주셨지만 로빈빵의 고소함은 아직껏 생생하다. 이러니 만두 빚는 날의 노동도 아이들에게 즐거운 날일 수밖에.

이렇게 만들어진 만두는 정월 보름까지 조부모님께 인사 오는 세객들에게 만둣국으로, 혹은 떡만둣국으로 상 위에 올라 많은 이에게 행복감을 날랐다. 정월뿐이 아니었다. 외국에 나가 고생을 하던 친구가 오랜만에 왔을 때, 이사한 후 집들이를 하느라 내가 친구들을 초대했을 때, 어쩌다 지나가는 길에 들렀다는 성인이 된 나의 제자에게 어머니께서는 그때마다 김이 모락모락 나는 뜨끈한 만둣국을 정성껏 끓여 내셨다.

어찌 그 뿐이던가. 내가 병원도 없던 오지 학교에서 근무할 때 사랑니로 고생한 적이 있었다. 한여름에 서울로 와서 빼고 갔는데 이가 아픈 건지 잇몸이 아픈 건지 나중엔 머리까지 아파왔다. 먹지도 못하고 자지도 못하게 되었다. 할 수 없이 일주일 만에 상경하여 치과에 갔더니 아랫니 발치 부분에 염증이 생겼다고 한다. 치료받고 지쳐 돌아온 나에게 어머니는 만둣국을 먹이셨다. 일주일동안 물만 먹던 내게 부드러운 호박만두는 생명수였다. 또, 과로로 쓰러져 열흘 동안 입원했다가 퇴원한 나를 기다린 것도 만둣국이었다. 병원에서 처방한 소금기 없는 음식 때문에 힘들었는데 내가 좋아하는 김치만두를 빚으셔서 내 입맛을 돌게 하셨다.

돌아보니 어머니의 '만둣국'은 소박하고 깊은 정성과 정의 표현이었다. 다른 반찬 없이도 간이 딱 맞는, 맛과 영양이 잘 어우러진 만둣국! 어머니께서 '음식은 정성'이라고 하셨는데, 나는 어머니의 음식에서 나눔과 배려의 정을 헤아리게 된다. 갖은 재료가 어우러진 만두소에 어머니의 정성과 정이 담뿍 들어 있음을 먹어본 사람은 누구나 알았으니까. 집밥의 중요성이 새삼스레 부각되는 요즘, 새삼 어머니의 손맛이 그립다. 아흔 셋의 어머니를 위해 오늘은 내가 동생과 마주 앉아 예전의 어머니처럼 정성스레 만두를 빚는다. 엄마의 만둣국처럼 맛깔난 음식이 되려나 기대하면서. 아 참, 오늘 내친 김에 로빈빵도 한번 구워볼거나!

어머니의 틀니

아직은 단풍이 들지 않았으나 가을 햇살의 넉넉함으로 마당의 동이 감 얼굴은 붉게 달아올랐다. 가을이 어느새 우리 곁으로 성큼 들어와 있음을 느끼는 순간이다. 코앞의 감나무이지만 늘 종종걸음으로 지나쳤는데 언제 저렇게 내밀한 몸짓으로 꽉 차올랐는지! 추석 연휴가 주는 여유를 모처럼 달콤하게 느껴 본다.

텔레비전에서 때맞추어 강원도 양구의 사명산을 소개하고 있다. 한반도의 정중앙에 위치한, 양구에서도 비무장지대에 인접해 있다는 산이다. 울울창창(鬱鬱蒼蒼) 우거진 숲속에서 임도(林道)를 따라 산세의 능선이 굽이굽이 펼쳐진다. 방송인 두 명이 자동차를 타고 가며 멋진 숲길을 소개하는 중이다. 지금 여행할 수 있는 처지가 아니라서 그럴까. 눈앞에 보이는 경치가 한 폭의 그림이다. 산 정상에 서면 양구, 화천, 춘천, 인제군 네 고을을 조망할 수 있다고 해서 붙여진 이름답게 웅장한 산이다. 해발 1,198미터의 산이 화면을 가득 채우며 그 청신한 자태를 뽐낸다. 금방이라도 키 큰 나무 사이로 솔바람이 불어올 듯 싱그럽다.

진행자들이 빽빽한 숲 사이로 난 길을 따라서 자동차로 들어갈 수 있는 데까지 들어갔다고 생각할 즈음, 산마루에 사람이 보인다. 누구일까, 혹시 깊은 산 속의 수행자는 아닐까? 알고 보니 그는 고향을 북에 둔 실향민이었다. 매일 북쪽을 향해 기도를 올린다는 할아버지의 자세는 경건하기까지 하다. 북에 계신 어머니를 위해 간절히 기도한 후, 그는 아스라이 바라다 보이는 북쪽 하늘을 향해 소리친다.

"어머니, 어머니, 어-머-니-!"

그 모습에서 모친에 대한 그리움이 뚝뚝 떨어지고 있다. 숙연해진 방송인들을 돌아보고 그는 쓸쓸하게 웃으며 말한다.

"나이가 들면 마음이 다시 어려지는지 어머님이 더 많이 뵙고 싶군요."

시청하던 내 코끝이 찡하면서 그분의 간절함이 느껴지는 것 같았다.

나는 나이 오십을 훌쩍 넘기고도 어머니와 한 집에서 살고 있다. 직장에서 바쁘게 일하다가도 때때로 궁금하면 점심시간에 어머니와 짧은 통화를 하곤 한다. 전화선 너머 어머니의 첫 말씀은 늘 한결같이 투박하시다.

"누구냐? 희경이니?"

아직 나를 그렇게 불러주시는 어머니의 그 목소리가 오히려 정겹다. 어려서 아무것도 모르던 시절, 어머니는 생전 늙지도 않고 늘 젊으신 줄만 알았다. 그게 잠재의식에 남아 있었던 것일까. 몇 년 전, 나는 적잖이 충격을 받은 적이 있다.

어머니께서 통증이 있어 치과에 모시고 갔을 때였다. 당시 어머니는 위아래로 모두 부분 틀니를 하고 계셨다. 비록 틀니라 해도 이를 끼고 계시면 퍽 좋아 보이셨다. 그런데 진찰 결과 어머니의 마지막 남은 앞 윗니 세 개를 다 뽑아야겠다는 진단이 내려졌다. 그 말을 들어서일까. 틀니를 뺀 어머니의 모습이 갑자기 정말 할머니 같아 보였다. 어머니의 연분홍 잇몸에 오롯이 남은 치아 세 개! 나는 그만 정신이 아득하여 몸이 바닥으로 가라앉는 듯했다. 예상하지 못했던 일이라서 어머니도, 나도 한참동안 말을 잇지 못했다. 내가 호들갑을 떨면 어머니 마음이 가라앉으실까봐 그저 의사 선생님 얼굴만 바라보았다. 결국 어머니는 그 날 치아 세 개를 빼셨다. 젊으셨을 때 이를 가지런히 드러내며 씽긋 웃으시던 모습이 지켜보는 내내 마음속에서 떠나지 않았다.

나는 지금도 그 일을 생각하면 명치끝이 아리다. 누구에게나 올 수 있는 일이었는데 왜 그 순간 그리도 가슴이 철렁 내려앉던 지. 나이가 들어 노화한다는 건 어쩌면 자신이 지니고 있던 것을 하나씩 돌려주고, 내려놓는 것을 의미하는 것은 아닐까 하는 생각이 든다.

올해 3월에 호흡 곤란으로 틀니를 채 빼지도 못하고 응급실에서 중환자실까지 가셨던 어머니. 한 달여 입원 끝에 겨우 일어나신 후 지금껏 산소 치료기를 줄곧 끼고 계시다. 그 후에도 세 차례 어려움이 있어서 지켜보는 자식들의 마음은 번번이 살얼음 위를 걷는 듯했다. 많이 여위신 어머니 수발을 하며 순간순간 힘들 때도 있었지만, 어머니께서 우리 자식들을 낳아 지극정성으로 키우신 것을 떠올리면 이는 아무것도 아니다.

요즘 조금씩 기력을 회복해 기분이 좋으실 때가 있다. 어머니를 닦아드리면 "고맙습니다." 하시거나 "땡큐우 베리 마치" 하시며 퍽 미안해하신다. 회복되어가듯 하다가는 또 고난의 시간이 오기도 했지만 여전히 잘 버티어 주고 계시다. 강건하실 때 같지는 않지만 지금 이만큼도 정말 감사하다는 생각을 한다. 이렇게 곁에 계시며 따뜻한 미소와 함께 손을 내밀어 주시지 않는가.

오늘도 저녁 식사 후 나는 어머니의 틀니를 조심조심 닦는다. 사명산에서 어머니를 애절하게 부르던 할아버지를 떠올리면 나의 이 시간 또한 얼마나 감사한 일인지. 어머니께서 더욱 건강하셔서 즐거운 시간을 보내시기를 바라며, 나는 정성 들여 이를 닦는다.

"엄마, 건강 회복하셔서 우리 곁에 오래오래 계셔야 해요!"

내 얼굴도 어느새 동이 감만큼이나 붉게 달아오르고 있다.

꽃 속에 계절이

　내가 꽃에 관심을 갖게 된 것은 언제부터였을까? 아마도 초등학교 4학년 때부터였으리라. 이사 간 새 집은 휑하니 빈 마당에 찬바람만 불었다. 시간이 지나면서 부모님 손길에 찔레꽃, 채송화, 봉숭아, 백일홍, 맨드라미, 호박꽃, 과꽃까지 갖가지 꽃들이 줄지어 피어났다. 보랏빛 무늬도 고운 하얀 무궁화가 여름부터 가을까지 대문 옆을 지키는 수문장이었다. 각양각색 개성을 지닌 꽃의 눈부심이 어느 날부터인가 마음에 선명히 들어오기 시작했다. 그 중에서도 으뜸은 단연코 장미였다.

　사춘기 때 라이너 마리아 릴케 작품에 심취한 적이 있다. 그는 패혈증으로 사망했다는데, 정작 소녀들은 장미 가시에 찔려 죽음에 이르렀다는 것에 초점을 맞추었다. 나도 시인다운 죽음이라는 둥 낭만적이라는 둥 친구들과 감상에 빠져 여름을 보냈다.

우리 집 마당엔 장미나무가 있었는데, 나는 꽃을 볼 때마다 릴케를 떠올렸다. 아버지께서 해마다 계분을 구해 영양 보충을 해주셔서 키가 유난히 크고 꽃송이가 탐스러웠다. 붉은 꽃봉오리들이 맺히기 시작하면 동생들과 나는 저 꽃이 언제쯤 피어날까 기대하며 그 앞에 쪼그려 앉아서 들여다보기도 했다. 우리들 마음을 아는지 모르는지 꿈쩍 않던, 그렇게 기다려도 벌어지지 않던 장미. 학교에 갔다 오니 이 줄기, 저 줄기 붉은 꽃송이들이 다투듯 피어나 있었다. 동생들은 꽃송이를 세느라 즐거운 비명을 질렀다. 장미꽃이 우리들 마음에 꽃물을 곱게 들였다. 이웃집 아이들과 아주머니들은 장미 향기에 끌려 왔다면서 고혹적인 자태에 감탄하곤 했다. 여자들이 꽃을 좋아한다는 사실을 처음으로 느꼈다.

몇 번을 별러도 그 순간을 포착할 순 없어서 아쉬웠던 만큼 만개한 붉은 장미의 아리따운 자태는 감동을 불러 일으켰다. 여름내 핀 꽃이 서늘한 바람과 함께 꽃잎이 하나, 둘 날리면 책 사이에 소중히 끼워 말렸다. 친구에게 편지를 쓸 때 이것을 편지지에 고이 붙여 보내기도 했다. 몇 해가 지난 뒤 책갈피에서 우연히 마른 장미꽃잎을 발견했다. 머릿속에 어린 시절, 마음 꽃밭이 떠올라 그리움을 더해 주었다. 나는 꽃을 무척 좋아하지만 특별히 이것이라고 내세우지는 않는다. 그런데 장미를 볼 때마다 더 반가움이 이는 것은 어린 시절 그 강렬했던 인상 때문은 아닐지.

몇 년 전 어느 가을날, 구 선생님께서 집 근처에 왔다고 잠깐만

나오라고 하신다. 나갔더니 불쑥 꽃다발을 내미신다. 선생님은 꽃꽂이 전문가이시다. 갑자기 무슨 일인지 영문을 몰라 묻는 내게 그냥 갖고 왔다고 하신다. 그러더니,

"어머님 갖다 드리세요! 이 꽃 보니 너무 예뻐서 조금 샀어요. 별 거 아녜요."

하시곤 잠시 이야기를 나누다 종종걸음으로 가셨다. 어머니께서는 그 꽃을 미안해 하시면서도 무척 고마워 하셨다.

그 날 저녁, 식구들과 텔레비전 뉴스를 보고 있을 때였다. 화면에 단풍 관광객이 몰린 내장산 풍경이 나오고 있다. 엄청난 인파를 감싸 안을 듯 꽉 찬 붉은 단풍산! 나는 놀라서 탁자 위에 있던 유리꽃병을 가리키며 소리쳤다.

"어머, 저것 봐! 오늘 구 선생님이 엄마 드린 저 꽃, 저게 영락없는 단풍이네!"

그렇다는 듯 하얀 소국들 사이로 목을 빼고 있는 선홍색 장미 다섯 송이가 투명한 유리꽃병에서 맑게 웃고 있다. 별 거 아닌 게 아니었다. 내장산 단풍 빛깔과 선홍색 장미 빛깔이 겹쳐지면서 그 순간 번쩍 와 닿는 사실 하나! 그 꽃 선물은 거동이 불편해서 단풍 구경도 못 가실 우리 어머니를 위한 선생님의 깊고 깊은 마음의 배려였다는 것을.

내가 교직 정년을 4년 정도 남기고 퇴직을 단행했을 때, 사람들은 모두 왜 그랬느냐고 했다. 안타깝다고 한없이 아쉬운 표정을

짓는 이도 있었다. 그러나 단 한 분, 구 선생님은 그렇지 않았다.

"어머님과 함께 하겠다는 마음이 참 좋아요. 그 나이에 어찌 그리 현명한 판단을 했을까! 난 그러지 못했는데…."

퇴직을 축하해 주시는 말씀과 함께 진심이, 짙은 장미향처럼 따라서 왔다. 내가 등단하여 순수문학 신인상을 받던 날엔 붉은 장미꽃을 한 아름 안겨주셨다. 그 후 8년 만에 〈눈 내리는 날이면〉으로 순수문학사에서 우수상을 받던 날에는, 순백의 카라를 녹색 화병과 함께 주셨다. 그 단아함과 세련됨이 넘치던 꽃들의 조화를 어찌 잊으리. 나는 그 때마다 정말 고마운 어른이시다 생각했다. 그리고 가을이 깊어가는 날, 구순 넘은 어머니께 이렇게 꽃을 활용하여 누구도 생각하지 못한 방법으로 위로와 격려를 보내주셨으니…. 단풍 대역인 그 장미야말로 내가 살면서 본, 최고의 꽃임에 틀림없으리.

어려서는 사람이 살다 보면 그냥 다 똑같이 나이가 드는 줄로만 쉽게 생각했다. 그런데 이제 내 나이도 육십 고개 정상을 향하여 가다 보니 그게 아니라는 걸 조금씩 깨닫고 있다. 사람마다 다 다르니 나이 듦의 정도도 당연히 다르다는 것을. 속 깊은 마음을 따라가기도 어렵거니와 그 마음먹은 바를 지혜롭게 삶 속에 풀어 놓기란 더욱 어렵다.

그 가을, 딸과 오롯이 한마음으로 보내던 어머니께서는 흰 소국에 둘러싸여 돋보이는 선홍빛 장미를 보며 아주 고운 가을을 만끽

하셨다. 꽃 속에 계절이 있음을 알아차리시고, 꽃처럼 어여쁜 웃음을 지으셨다. 그것이 어머니 삶의 여정에 마지막 가을이었다.

집과 나무와 의자와

나에게는 요즘 가끔씩 들여다보는 달력이 있다. 지인으로부터 받은 2015년 탁상용 달력이다. 그것은 속의 예쁜 그림 덕분에 거실 텔레비전 옆에 당당하게 터를 잡았다. 그러나 그뿐, 이후로 누구의 관심도 받지 못한 채 일 년이 지났다.

해가 바뀌어 달력을 치우던 날, 비로소 나는 12월의 달력 그림을 내려다보았다. 빨간 지붕의 크고 작은 상아빛 집들이 빈틈없이 들어차 있고, 사이사이에 초록빛 나무들이 소나무에 붙어 있는 버섯처럼 여기저기 붕긋 올라와 있다. 자세히 보니 한가운데 가장 큰 집의 창문이 열려 있다. 두 사람이 의자를 뒤로 한 채 마주 보고 있다. 청록의 색채 대비만으로도 성탄절 느낌이 나는 듯해서 늘 슬쩍 보고 지나치곤 했는데 뭔가 신선한 느낌이 들었다. 갑자기 알 수 없는 호기심이 일어 나중에 보려고 서랍에 넣어 두기로 했다.

그리고 얼마 후 시간이 났을 때 나는 그것을 꺼내 들었다. 시간 가는 줄도 모르고 한 장 한 장 넘기며 그림을 보았다. 새삼 자그마한 달력 그림이 큰 그림으로 나에게 다가선다. 원색적인 색채, 또는 직선과 곡선의 비대칭, 기하학적인 나무 모양 등이 어린아이 솜씨처럼 소박하고 단순했다. 그림을 보고 있자니 웅크리고 있던 내 마음이 기지개를 활짝 켠다. 힘들고 피곤하다는 생각이 들 때마다 한 번씩 들쳐본 그림은 어느 유명 화가의 것보다 더 다정하게 말을 걸어왔다.

그러던 어느 날 그림을 보다가 나는 열두 장 그림에서 재미있는 공통점을 발견하였다. 두 장을 제외하고는 모두 집과 나무와 의자를 그리고 있다는 것을. 부드러운 색감의 연두, 초록, 청색 배경 위에 집과 나무가 아무렇지도 않게 놓인 그림들. '아, 그래서 이 그림을 보며 그렇게 편안한 마음이었나!' 하는 생각이 들었다. 그림을 보는 동안 나도 모르게 가분수같이 커다랗고 둥근, 혹은 커다랗고 네모난 나무들 속으로 들어간 것은 아닐까. 아니면 제 멋대로인 듯 아닌 듯 무수한 덧칠로 점점이 메꾸어진 나무들 사이를 유영한 것일지도.

나머지 두 장의 그림엔 아무리 들여다보아도 의자가 없다. 대신에 작은 꽃이 여기저기 고개 내민 풀밭이 있을 뿐. 그 푹신해 보이는 풀밭에 드러누워 하늘을 보면 어떨까! 화가는 그동안 제시해 왔던 여러 형태의 의자 대신 풀밭을 선물해 주고 있다. 커다란 나무 뒤에 살짝 숨은 듯 보이는 의자도 좋지만 바람에 살랑대는 여린 꽃을 품은 풀밭도 매력적이다. 그 푸른 초원을 보며 가슴에 솔바람 부는 소리가 나는 것만 같다.

간간이 그림을 보며 마치 명작을 담은 화첩을 가진 듯 콧노래가 나오기도 했다. 더러는 그림 속의 집과 나무와 의자를 떠올리면서 마음속에 쌓인 찌꺼기들이 하나씩 날아가는 것 같았다. 황혼녘에 지친 몸과 마음으로 하루를 마감할 때 맞이해 줄 집이 없다고 상상해 보라. 가도 가도 끝없는 길, 땡볕을 가려줄 나무 한 그루 없는 곳을 간 적이 있다. 다리가 아파 도저히 걷지 못할 즈음 엉덩이 붙이고 앉을 만한 의자, 아니 돌덩이만 있어도 어찌나 감사하던지. 이런 걸 생각하면서 그림을 보아서인지 그것들은 내 삶의 고단함을 넘어 평안함을 주는 수호천사 같았다.

그럴 때마다 나는 내 집도 그림에서처럼 따스하고 편안한 곳임을 고개 끄덕이며 좋아했다. 언제나 나를 기다리는 어머니가 계신 온기 서린 보금자리. 그런데 지금은 이 집이 낯설기만 하다. 어머니가 지난 7월 25일에 눈을 감으셨기 때문이다. 똑같은 집인데 이렇게 다른 느낌이라니. 집도 낯설고, 물건도 생소하다. 가족들도 달라 보인다. 그냥 머릿속이 휑하다. 며칠 기다리면 어머니께서 돌아오실 듯한데 어느덧 49재도 지나고 시간은 무심히 달려 나간다. 평생 큰 소리 한 번 내지 않으신 어머니. 늘 소리 없이 웃으며 마음으로 어루만져 안아주시던 그 힘을 이제는 느낄 수가 없다니. 나는 요즘 매일 93세의 노환으로 병약했던 어머니의 위력을 온몸으로 느끼고 있다.

어머니야말로 나의 집이었던 것을 나는 미처 깨닫지 못했다. 어머니를 그리워하는 텅 빈 내 마음에 자꾸만 눈물이 쌓인다. "집은 어머니의 몸을 대신하는 것이다. 어머니의 몸이야말로 언제까지나 사람들이 동경하는 최초의 집이다. 그 속에서 인간은 안전했으며 또 몹시 쾌적하기도 했다."라는 S. 프라이드의 말을 떠올리며 오늘도 나는 달력의 그림을 보고 있다. 흐르는 눈물 속에 집과 나무와 의자와 그리고 어머니, 어머니를 부르면서.

가지치기

여름인 듯 가을 같은, 가을인 듯 여름 같은 날씨가 계속되고 있다. 마치 엉클어진 내 마음 같다. 오랜만에 창을 열고 내다보다가 축 늘어진 감나무 가지를 본다. 여기저기 하얗게 잎맥만 남은 감잎들이 낯설게 다가온다. 처음 보는 현상에 눈이 휘둥그레 떠졌다. 며칠 전까지 멀쩡했는데 이게 도대체 어찌 된 일인지…. 벌레가 낀 것도 모른 채 지냈다니 감나무에게 미안한 마음이 든다. 주렁주렁 감을 매단 가지가 내 눈 앞에까지 늘어진 것을 오히려 좋아한 내가 아니었던가! 그들이 익어 황홀한 붉은 빛을 뿜낼 날을 기다리며 즐거운 상상까지 했건만.

우리 집 마당의 감나무는 식구들 뿐 아니라 동네 사람의 각별한 사랑을 받고 있는 몸이다. 오가는 이가 고개를 젖혀 나무 끝까지 바라보기도 하고, 어떤 이는 사진을 찍기도 한다. 출근길에, 시장

가는 길에, 어디론가 볼일 보러 가며, 심지어는 근처 카페와 미용실에서도 많은 이들이 이 나무를 바라보고 있다. 감나무를 바라보는 이들이 많아서 좋은 게 아니라 그를 보는 사람들의 온화한 표정이 좋다. 살짝 미소를 띠고 가슴츠레 실눈을 뜨며 바라보는 모습은 모든 것을 내려놓은 무욕, 무탐의 전형이 아닐까.

이 나무를 지키기 위해, 아니 우리들 마음을 행복하게 하고 싶어서 해마다 감을 따는 날 가지치기를 하곤 했다. 식물들은 꼴다듬기를 하지 않으면 제멋대로 뻗어나가서 엉기거나 부대끼기 십상이다. 감나무도 손을 보아야만 모양이 예쁘고, 감 숫자는 줄어도 실한 열매를 거둘 수 있다. 감나무 새 가지에 잎이 돋고, 꽃이 피고 진다. 그 자리에 매달린 손톱만한 애기감은 어찌나 사랑스러운지. 그들이 커가는 것을 지켜보는 재미는 또한 얼마나 쏠쏠한가. 이렇게 실한 나무를 유지하려면 가끔 비료도 주고, 공들여 다듬어 주어야만 한다. 가지치기가 끝나면 그동안 감나무로 어두워졌던 집안이 훤해진다. 그 후 감잎들은 노란 빛이 섞인 단풍으로 남아 겨울로 가는 바람을 재촉하며 단아한 모습으로 서 있곤 했다.

작년 여름에 어머님이 작고하시고는 정신이 없는 데다 의욕조차 없어 사람을 시켜 감을 거두었다. 늘 같이 감을 따고 가지를 다듬고 뒷정리까지 했는데 그러지 못했다. 감 따러 오신 분께 전지를 부탁드리기는 했다.

"이 정도면 엄청 좋은 나문겨. 자고로 감나무는 쓸모없어진 가지는 지가 스스로 내친단 말이지. 신통방통 하쥬? 냅 둬유!"

돌아오는 이 말에 '거 참 신기하다!' 하고는 그냥 접었다. 쓸모없는 가지를 스스로 쳐낸다는 감나무의 비밀을 알고는 놀라웠고 그 말을 믿기로 했다. 그러나 그것이 화근이었다. 올해 유난히 폭염이 심했고, 게릴라성 집중호우가 계속되는 날이 많다 보니 나무도 힘들었을 것 같다. 게다가 전보다 더 많은 열매를 매달고 바람 들어갈 틈새까지 없다 보니 벌레가 생길 수밖에.

이웃의 염려를 들으며 나는 약을 치기로 결심했다. 올해 감 수확은 못할지라도 벌레를 잡아 나무를 살리고 싶었다. 그러면서 자꾸 후회하는 마음이 드는 걸 어쩔 수 없었다. 애당초 제때에 가지를 다듬어 주었더라면 이런 불상사는 없었을 텐데. 소독하시는 분은 안타까워하며 일을 하셨다. 감잎마다 뿌려지는 약물을 보며 깊은 생각에 잠기게 된다. 사람이나 식물이나 이 세상 모든 것이 필요한 때 필요한 것을 적절히 해 주는 것이 얼마나 중요한 것인지를 새삼 느꼈다.

돌연 내 자신을 돌아보게 된다. 나는 잘 살아왔는가. 내 마음도 저 감나무 가지처럼 엉클어지고 부대끼며 있는 건 아닌지. 그래서 새 마음이 솟을 틈조차 없이 간신히 숨만 쉬면서 살고 있는 것은 아닌지. 가만히 자신에게 묻게 된다. 다듬어지지 못한 저 나무처럼 너도 쓸데없는 것들을 부여잡고 내려놓지 못하는 것은 아니냐고 반문도 하며. 내가 지금 어디에 있는가. 무엇을 하고 있는지. 있는 그대로의 나를 잘 바라보아야 할 것 같다. 나무의 꼴을 다듬으려면 먼저 그 대상의 있는 그대로의 모습을 보아야 하는 것처럼 나도 내 있는 그대로의 모습부터 보아야 하리. 내가 옳다고 믿고 무언가를 행하고 있을 때, 바로 그 때가 자신이 진정 무엇을 하고 있는지 주의 깊게 살펴볼 때가 아닌가 하고. 그리고 살면서 가지게 된 수많은 나의 가지들. 그 속의 나를 바르게 보아 적절하게 가지치기를 할 줄 안다면 내 마음 자리가 훨씬 모양도 좋고 여물어가지 않을는지. 스스로 가지 떨구어 마음속 번뇌를 내려놓아야 하리라. 마음의 무게 하나씩 줄이면서 건강한 마음자리 지니고 싶다.

일을 마치고 돌아가시는 아저씨가 소리치신다.

"선상님, 걱정마시오, 이젠 됐시유. 일주일이면 감나무 살아나유!"

예전의 나무를 바라볼 때처럼 실눈을 뜨고 함박웃음을 지으신다. 마치 아무 일도 없었다는 듯. 그 웃음 띤 따스한 얼굴이 감나무에게도 전해지려나 슬며시 내 마음도 부풀어 오른다.

행복 길라잡이

오월의 햇살이 눈부시게 빛난다. 한결 자란 감잎 사이로 숨바꼭
질하듯 꽁꽁 숨어 있던 감꽃이 드디어 수줍은 인사를 건넨다. 문
득 작년 늦가을에 뵌, 나무 사랑이 지극하던 화원 댁 내외가 떠오
른다. 이 동네에서 작은 화원을 하며 자식들을 키워내신 분들이
다. 오래 전에 화원을 접고 다른 곳으로 이사 갔지만, 동네 분들이
청해서 늘 소독이며 전지며 비료 주는 것 등 여러 가지 일을 하러
오시곤 했다. 화원은 처분했어도 그분들은 여전히 이곳에서 화원
아저씨, 아주머니이고, 이 동네는 그들 삶의 터전이었다.

우리 집 감나무는 그분들의 사랑을 독차지하였다. 일이 없어도
가끔 지나가시면서 감나무를 지긋이 바라보셨고, 근방에서 최고
라고 마치 자식인 양 자랑하셨다. 가을이면 연락을 주고받아 감을
거둬들였다. 그럴 때면 어김없이 부부가 함께 오셨다. 아저씨는

감을 따고, 아주머니는 감을 받고 나뭇가지 정리를 하였다. 어머니께서는 그들이 일하는 것을 보시고 아주 흡족해 하셨다. 한나절이면 될 일을 이리저리 봐가며 자식 대하듯 감나무 가지치기까지 하다 보면 하루해가 다 갔다.

일이 끝나서 돌아가실 때면 어머니께서는 꼭 일당 외에 수고비를 더 드렸다. 저렇게 솜씨 좋고 근면하신 분들은 잘해 드려야 한다면서. 나는 수확한 감과 함께 집에 있는 간식거리를 더 싸 드렸다. 돌아가는 아저씨 자전거에는 그 날 떨군, 감 달린 나뭇가지가 한 꼭지씩 대롱대롱 매달려갔다. 저물어가는 깊은 노을빛을 닮은, 모양 좋은 동이 감을 보면서 내외는 늘 싱긋 웃곤 했다. 수려한 감나무를 바라보며 짓는, 흡족함이 뚝뚝 넘치는 그 웃음이 보는 이를 더 행복하게 했다.

그런 분들을 재작년부터 뵐 수 없었다. 감 따러 오십사 하여 전화를 드렸더니 아저씨가 편찮으셔서 어렵겠다고 하신다. 문득 감나무 가지 위에서 살짝 떨리시던 모습이 생각났다. 다음 해에 전화하니 아주머니가 울먹이신다. 병이 깊어서 큰 병원으로 가셨다고. 놀라서 나도 잘 회복되시길 바란다며 전화를 끊었다. 댁 주소도 모르고, 병원도 모르는데 올 필요 없다고 하시니 늘 마음으로만 건강을 기원할 뿐이었다. 체구는 작지만 건강하시던 분인데 역시 세월에 장사 없다는 말이 실감난다.

어느덧 시간은 무정하게 갔고, 다시 감을 거두어들일 시기가 되었다. 혹시라도 나쁜 소식이 있을까 하는 두려움이 가슴을 짓눌렀다. 우리 가족만큼 감나무를 아끼던 동네 분들이 날씨가 점점 차가워지는데 감은 언제 따느냐고 여러 번 묻는 것을 그냥 웃음으로 때웠다. 재작년과 같이 역시 이웃의 도움을 받기로 했다. 왕초보 일군인 나와 동생도 뛰어들어 떨어지는 감에 맞기도 하며 온종일 요란하게 감을 거두었다. 머릿속은 내내 조용조용 호흡 맞춰 일하시던 부부의 모습이 떠나지 않았다.

이웃에 감을 돌리고 남은 감을 정리하였다. 마른 수건으로 깨끗이 세수를 마친, 주먹만 한 선홍빛 감들이 무리지어 웃는 듯하다. 화원 댁에 전화를 걸었다. "누구유?" 아저씨 목소리가 들려 내 귀를 의심하였다. 병원에서 수술이 잘 되어 퇴원했다는 말씀에, 무거운 짐을 내릴 때처럼 기분이 가뿐해진다. 통화하는 내 목소리가 점점 소프라노가 된다. 얼마나 다행인지 모른다. 선량한 이웃이 어려움을 잘 견디어냈다는 안도감에 웃음이 나온다. 감 땄으니 아주머니께서 가져 가셨으면 한다고 말씀드렸다.

그런데 며칠 후, 현관 초인종이 울려 나가보니 놀랍게도 부부가 서 있는 게 아닌가.

"선상님, 잊어뿐지 않으신 거 너무 고마워서 왔어라!"

지팡이와 부인께 의지하며 온 아저씨는 수척한 모습이지만 또박또박 말씀하신다. 거실에 모셨더니 가족사진 한 번 보고, 어머니 늘 앉으시던 빈자리를 바라보신다. 잠시 병원에서의 투병 생활을 군대 얘기하듯이 신바람이 나서 하신다. 힘들어 보이셔도 많이 나오신 듯 보여 즐거운 이야기 마당이 펼쳐졌다. 그러다 속바람 때문인지 잠시 쉬시더니 느닷없이 말씀하신다.

"일할 때마다 챙겨 주시던 커피 맛은 일품이라! 누가 그렇게 정성껏 대접해 주간디요!"

땀 흘리고 일하시다 드셨으니 그 맛이 좋았을 거라고 하니 손사래를 홰홰 젓는다.

"아녀요, 나 이 댁 할머니 증말 고마웠시유! 일은 내 일이라 그냥 열중해서 허는디, 꼭 수고했다 힘 주시구···. 나, 지금서 말인디 그 삯 봉투 하나하나 다 모아놨시유. 이젠 자식들이 다 커서 그 돈을 꼭 쓰지 않아도 될 맹큼은 살구유. 해마다 주신 점심 값이랑 덤으로 주신 건 내 속맘으로 이건 안 쓰겠다 다짐했구먼유. 꼭 엄니한테 받는 거 같아서. 너무 고마워서···."

눈물까지 글썽이며 예상하지 못했던 말씀을 하시는데 나도 와락 눈물이 나올 뻔했다. 갑자기 2년 전 하늘나라 가신 어머니 생각에 다시 슬픔이 치밀어 올랐다. 겨우 눈만 깜빡이다가 얼른 화제를 돌렸다.

아저씨 내외는 오실 때보다 더 밝고 따스한 웃음을 짓고 돌아가셨다. 수더분한 아내는 감을 넣어 배불뚝이가 된 배낭을 메고, 한 팔로는 남편을 꼭 붙잡고는 지금이 너무 좋다며 기운차게 발걸음을 돌렸다. 그들을 배웅하고 들어오니 훈기가 집안을 채우고 있다. 동네 분들 배려로 좋아하는 일하면서 자식들 가르치고 사람답게 살았다는 아저씨 말씀이 그 자리에서 함께 맴돌고 있다.

돌아보니 아저씨 부부만 행복한 게 아니었다. 그 분들이 눈썰미가 있고 손끝이 야무지기도 했지만, 누구도 따라갈 수 없는 성실함으로 많은 이들을 웃음 짓게 했다. 해마다 우리 집 감을 나눠 드리면 받으시는 분마다 무표정한 얼굴로 나오셨다가는 얼마나 활짝 웃으시던지. 이웃에게 잠시나마 순진무구한 마음을 선사한 그 부부. 그들이야말로 행복의 지름길로 등불 밝힌 행복 길라잡이 였음을! 결 고운 오월 햇살에 감꽃이 익어가고 있다.

나에게도 선물을

친구나 지인이 처지고 슬픈 목소리로 전화를 걸어 외롭고 힘듦을 토로하는 경우가 더러 있다. 그럴 때면 참 안타깝고, 그 마음을 이해할 수 있을 것 같아서 나 역시 마음이 편치 않다. 다른 사람들은 저만큼 앞서가고 자신만 처진 듯 느껴질 때가 더러 있지 않은가. 나도 열심히 살았는데, 나만 일이 안 풀린다고 운이 없음을 탓한 적은 없을지. 젊을 때에는 어쩌다 그런 생각이 들어도 하루 저녁, 혹은 며칠을 고민하다가 마침표를 찍고 일어섰다. 마음에 정리가 되면 어디서 그런 힘이 나는지 더 기운차게 앞을 향해 나갈 수 있었다.

그런데 언제부턴가 몸이 여기저기 조금씩 아프다는 신호를 보내면서 상황이 달라진다. 사십 대에 과로로 쓰러져서 열흘간 입원을 한 적이 있다. 나는 늘 골골했지만, 정작 내가 아파서 입원을 할 수도 있다는 사실에 놀랐다. 갑자기 왼쪽 팔을 들 수 없을 정도로 아파서 죽을 병 걸린 거 아닌가 걱정한 적도 있다. 겉으로는 멀쩡한데 움직일 때마다 찌릿한 통증이 심해 눈물이 찔끔 나올 정도였으니. 새벽마다 통증에 시달려서 잠을 깨곤 했다. 팔이 아프다고 내 할 일을 누가 대신해 줄 수 없는 게 아닌가. 참으며 일을 하는데 힘든 나머지 매일이 지옥이다. 일 년 가량 아프다가 저절로 나을 때쯤 그것이 오십견이었음을 알게 되었다. 그래도 아픔이 사라지니 기분이 날아갈 듯 즐거워져서 어느덧 그 신호를 무시하였다. 새로운 일을 많이 구상하고, 밤을 잊고 사는 날이 많아졌다.

다시 오십 대에 오른 팔에 통증이 왔을 때에는 두려움이 엄습해 왔다. 이번에는 한약을 먹고 끈기 있게 침도 맞으면서 이겨냈다. 툭 하면 밤새 일하고 스트레스까지 받으니 혹사당한 육체가 경고를 보내기 시작한 것은 아니었는지. 교통사고 후유증으로 어느 날 아침에 일어나지 못하면서 두려움이 분노로 바뀌었다. '왜 내가, 무엇을 잘못했다고 이런 일이 나에게만' 이런 많은 생각들이 나를 지배하였다. 그러나 그런 감정은 치료에 도움이 되지 않았다. 쉽게 낫지 않는 나를 지켜보면서 의사 선생님은 몸이 아프면 '아, 휴식이 필요한 때로군!' 이렇게 알아채야 하고, 밝은 마음으로 긍정적인 믿음을 자신에게 보내야 회복이 빠르다고 조언하였다. 그냥 쉼이 필요한 시점인 것을 파악하고 수용하는 태도가 오히려 도움이 된다고.

세상일도 그런 건 아닐는지. 힘들다고 말하는 친구나 직장 동료들을 보면, 몸이 아파도 결국은 마음이 아픈 경우가 많았다. 내가 나를, 내 상황을 어쩌지 못할 때 우리는 힘들어진다. 자존심이 상해서 오히려 마음을 감춘 채 여러 일들을 벌이고 바쁘게 살며 노력하지만 상처가 쉽게 아물지 않는다. 시간이 지나면서 원인이 해소되면 한결 나아지지만, 그래도 되지 않을 땐 어떻게 해야 할까? 상처로 지어진 매듭은 그냥 풀어지지는 않는다. 싹둑 베어 정리하지 않겠다면 누군가 풀어야 한다. 상대방이 매듭 풀기를 언제까지나 기다리느니 내가 풀어야 한다. 다른 이를 위해 아프면서까지 참고 견디기만 할 수는 없다. 궁지에 몰린 나를, 나 자신만을 위한 즐거운 시도를 하는 것은 어떨까.

직장에서 막말하는 동료 때문에 마음이 몹시 상해서 퇴근한 적이 있었다. 화가 쉽게 가라앉지 않는데 차들로 길까지 막혀 진퇴양난이었다. 조금씩 전진을 하다가 서고, 가고 서기를 반복하다가 예술의 전당 앞에서 잠시 멈춘 때였다. 고개를 돌리니 커다란 현수막이 걸려 있다. 프랑스 피아니스트인 리처드 클라이더만의 공연, 순간 나는 그곳에 가서 피아노 연주를 듣고 싶어졌다. 무작정 차를 돌려서 입장권 구입을 문의하였다. 마지막 날인데 제일 싼 좌석표가 두 장 남아 있었다. 가까운 강남역 부근 회사에서 일하는 동생에게 전화를 했다. 마침 퇴근길이라며 무조건 좋다고 하니 금상첨화 아니런가.

두 시간 넘도록 여심을 흔드는 부드러운 피아노의 선율. 지친 우리 어깨를 지그시 누르고 편안히 숨 쉬게 했다. 돌아가는 발걸음이 한결 가벼워졌다. 막말 동료 덕분에 호사를 누린 셈이다. 내일 그가 다시 말 실수를 한다고 해도 이젠 눙칠 수 있을 만큼 여유가 생겼다. 평소와 다르게 즉흥적으로 결정한 그 날 음악회를, 우리 자매는 두고두고 이야기한다. 스스로를 위로한, 참 멋있는 선물이었다고.

이를 계기로 삶이 고단하게 느껴질 때면 간혹 나에게 선물을 하게 되었다. 가까운 곳을 걷는 것도 좋다. 걷다 보면 어느 새 마음이 한결 가라앉는다. 때로는 고궁이나 인사동 골목길을 천천히 걷기도 하고, 작은 화랑에서 좋은 작품들을 만나 눈인사도 한다. 길거리 가게의 수제 손수건이나 아주 자그마한 도기는 나를 따라서 집으로 오기도 하였다.

더불어 내 생일날에는 어머니께 선물을 하나씩 해 드리기 시작하였다. 내가 받은 생일선물들을 풀기 전에 어머니께 드리는 게 그렇게 기분 좋을 수가 없다. 쓸데없이 돈 쓰지 말라고 하시면서도 뜻밖의 선물에 즐거워하시던 모습이 눈에 선하다. 때때로 집안에서 우연히 그 선물들과 눈을 맞추면 당시에 아픔을 이겨낸 당당함과 기쁨이 살아났다. 작은 물건들이지만 추억할 수 있다는 것, 향수에 젖어 잠시라도 삶의 그림자에 기대어 휴식을 맛볼 수 있다는 것이 행복이다.

올해 초, 신문을 읽다가 모 극장 상영관에서 바렌보임이 지휘하는 베를린 필하모닉 음악회 중계 상영이 있음을 알게 되었다. 문득 예전에 내 마음을 두드린, 리처드 클라이더만 피아노 연주회 기억이 떠올랐다. 어머니께서 우리 곁을 떠나신 후, 잿빛 우울 속에서 죽은 듯 살던 동생과 나. 이제는 어머니를 위해서 해 드릴 수 있는 것이 아무것도 없다는 상실감이 너무 큰 나날이었다. 어머니께서 결코 원하시지 않을 지친 모습으로 황량한 길에 서 있는 우울한 시간들. 내 눈길이 지친 동생에게 머문다. 정신이 번쩍 든다. 어머니를 지성으로 모신 동생에게 선물하리라 마음먹었다. 극장을 꽉 채운 사람들 속에서 나란히 앉아 모차르트 피아노 협주곡 26번 D장조 '대관식'을 감상하는 우리를 보신다면, 어머니께서 잘 했다고 하지 않으실까. 동생에게 좋은 선물을 한 날이, 외롭고 힘들었던 나에게도 진정 좋은 선물을 한 날이었음을 시나브로 느낀다. '상처 많은 꽃들이 아름답다.'는 정호승 시인의 시구가 떠오르는 날이다.

자작나무 숲에는

언제였던지 기억이 희미하다. 국내의 가볼 만한 명소를 소개하는 사진에서 원대리 자작나무 숲을 접한 것이…. 탐스러운 목화송이 같은 눈발이 날리는, 눈이 수북이 쌓인 산비탈에 흰 자작나무가 군락을 이루며 서 있었다. 우리나라에도 북방의 나무가 있다는 사실이 신기하기만 했다. 왠지 낯설지 않았다. 그 모습이 자꾸 떠올라 언제든지 가 보리라 마음먹었다. 5월 30일, 이번 강원도 여행의 끝자락, 서울로 돌아오는 길에 그곳에 가 보기로 했다.

초입 관리소에서 왼쪽, 원대임도를 선택했다. 길을 걷다 올려다 본 하늘은 온통 푸른 칠을 한 수채화이다. 임도 아래 비탈길에서 상큼한 바람이 키 큰 나무들 사이로 폴짝 뛰어 오른다. 서울에서는 이미 지고 없는 아까시 꽃들이 자그마한 포도송이처럼 매달려 바람결에 살랑살랑 그네를 타고 있다. 이름을 알 수 없는 야생

화들도 자연 속에서 더 수려해 보이는 모습으로 나그네를 반긴다. 찔레꽃 하얀 미소조차 눈부시다. 주변 경치를 감상하며 가다 보니 한두 그루씩 간간이 자작나무가 눈에 띄는 게 아닌가! 조금만 더 가면 숲을 만나리라는 설렘이 꽃봉오리 벌어지듯 한다.

끝없이 펼쳐진 편편한 길을 하염없이 걸었다. 그런데, 이상한 일이었다. 아무리 가도 기다리던 종착지는 보이지 않는다. 걸어 가는 사람은 몇 안 되는데 내려오는 사람은 점점 많아진다. 지나 가는 분께 여쭈어 보았더니 좀 더 가야 된다고 한다. 다소 실망스 럽지만 그래도 다 와 가려니 여기고 기운을 내서 걷는다. 꼭 맞는 운동화를 신어서인지 발목이 살살 아파온다.

몇 개의 산모롱이를 더 돌았을까. 이마에 비지땀이 흐르고 걸음 이 무거워질 무렵, 등산객들이 떼를 지어 온다. 나는 참지 못하고 다시 한 아주머니께 여쭈어 보았다.

"자작나무 숲, 아직 멀었나요?"

"더 가야 해요. 한 삼분의 일쯤 온 거니까!"

그 말에 놀라는 내가 안 되었던지 이렇게 덧붙인다.

"꼬옥 가야 해요, 힘들어도. 완전 신세계! 안 가면 정말 후회할 걸요!"

진땀과 함께 갑자기 발목을 누르는 통증이 심해지는 듯하다. 지금까지 한 시간도 넘게 걸었는데 삼분의 일이라니 온몸의 기운 이 다 빠진다. 그렇지만 가다가 돌아서서 꼭 보고 가라고 소리치는 그 아주머니를 보고 힘을 얻는다. 사실 평지처럼 보이는 임도였으나 울퉁불퉁한 맨땅을 아마도 큰 재 하나는 넘었으리라. 얼마쯤 걸었을까. 계곡물이 내려오다가 여울지는 곳에 다리가 나타난다. 그것만 건너면 곧 울창한 숲이다. 이곳부터는 경사진 산길이라고 한다.

나는 가파른 산길을 오르기 시작했다. 산들바람에 땀을 식히기도 하고, 가느다란 나무로 엮인 다리를 건너며 연둣빛 계곡물에 비친 숲 그림자에 감탄을 하였다. 점차 땀이 식고 마음이 가라앉는다. 마음에 싱그러운 초록 물결이 인다. 바람결 따라 흔들리는 나뭇잎 향연이 햇살에 눈부시다. 그 사이로 흰 꽃이 청아한 모습으로 나를 보고 있다. 보랏빛 심문에 왕관 같은 황금빛 꽃술이 어우러져 기품 있는 산 목련꽃. 마법에라도 걸린 것일까. 나도 모를 힘에 이끌려 계속 오르고 또 올랐다.

그리고 아, 드디어 내 시야에 들어온, 사신을 영접하듯 늘어서서 이어지는 자작나무의 긴 행렬. 그 사이로 나무 계단을 따라 하늘을 향해 굽이굽이 올라간다. 그동안의 고단함이 싸악 사라진다. 양쪽에서 나를 호위하듯 선 그들의 고아한 모습에서 눈을 뗄 수가 없다. 함께 선두에 섰던 임 선생님과 말없이 발걸음을 옮긴다. 한 계단씩 올라갈수록 심장 소리가 아우성처럼 커진다. 마침내 도달한 널찍한 구릉. 경사진 사방엔 온통 빽빽이 들어찬 자작나무, 자작나무들! '세상에…. 이런 곳도 있나!' 순간 '신세계, 별천지, 무릉도원!' 이런 단어들이 떠올랐다가는 이내 사라져갔다. 아무 생각도 나지 않았다. 하늘과 맞닿을 듯 자란 늘씬한 순백의 나무들과, 그 나뭇가지 끝에서 하늘거리던 연초록 잎들. 그들에 둘러싸여서 그저 가만히 서 있을 수밖에.

얼마동안이었을까. 바람결을 따라 그 높다란 나뭇가지마다 '사악 삭' 잎들이 흔들리며 말을 걸어온다. 눈을 감고 그 나직한 속삭임에 귀를 기울인다. 천천히 가슴 밑바닥부터 올라오는 하얀 슬픔이 켜켜이 쌓인다. 코끝이 찡하다. 마음속에 슬픈 강물이 흐른다. 그 때 떠오른 엄마의 얼굴. 육십 해가 넘도록 같이 살다가 2년 전 산새 포르릉 날듯 하늘나라로 가신 나의 어머니. 그 후 세상이 멈춘 듯 느낌 없는 시간을 살았다. 그 마음을 무엇이라고 표현할 수 있을까. 기일이 다가오면서부터는 부쩍 허우룩하다.

나직이 "엄마!" 불러 본다. 눈가에 촉촉이 눈물이 어린다. "슬퍼하지 마라." 그리운 음성이 들리는 듯하다. 가만히 눈을 떠 본다. 햇살이 자작나무 빛깔처럼 부드럽게 나무 사이로 내려앉는다. 아주 오래 전, 어머니와 함께 대한극장에서 본 영화 〈닥터 지바고〉가 떠올랐다. 눈발이 흩날리던 시베리아 설원에서 돋보이던 자작나무 무리, 바람에 흔들리는 노란 꽃들을 배경으로 흐르던 음악, 〈라라의 테마〉를 이야기했다. 그 때 들은 그 음악은 언제 어디서든 정겨웠다. 그 때, 숲에서 다시 들리는 나뭇잎들의 찰랑이는 속삭임이 그 음악처럼 나를 향한다. 어린 시절, 내가 잘못했을 때

단단히 혼내시고는 다시는 그러지 마라 다독이시던 그 목소리처럼….

사진 한 장 찍어 주겠다는 임 선생님 앞에서 우는 듯, 웃는 듯 자작나무를 살짝 안으며 사진을 찍는다. 오래간만에 평온한 마음이 된다. 탐방객들이 사라진 이 숲에는 고요와 평화의 정령이라도 사는 걸까. 우주라도 품을 듯 넉넉한 기운이 나를 감싸 안는다. 소리 내어 말하면 모든 게 사라질 것 같아 한참을 서 있었다. 보고 싶었던 자작나무 숲과 우연히 만난 날, 그 숲에는 그동안 잊고 있었던 안온함과 다정함이 가득 차올랐다. 아무에게도 말하지 않았던 엄마와의 따뜻했던 추억과 함께. 〈라라의 테마〉와 함께 온통 내게 울려 퍼진 엄마의 말씀, 언젠가 내게 해 주셨던 그 말씀이 그 날 나를 따라왔다.

"순리대로 살아라. 거슬러 가는 것은 너무 힘들단다. 이것도 삶의 한 과정. 쉬울 리는 없지만!"

어머니의 봉투

저는 서랍 깊은 곳에 봉투뭉치를 고이 간직하고 있습니다. 정작 그 개수를 헤아려 본 것은 오늘이 처음입니다. 한동안 그들을 보지 않았습니다. 각양각색인 봉투들을 보면 어머니에 대한 그리움이 밀려 와 주체할 수 없을 것 같아서요.

어린 시절, 어머니께서는 자식들 생일이면 미역국에 수수팥떡을 만들어 주시곤 했습니다. 눈처럼 희고 고운 쌀가루로 시루에 백설기도 정성껏 쪄 주셨지요. 동네 몇몇 친구들을 초대했어요. 떡을 맛있게 먹다가 부러워하는 친구가 있어서 의아했습니다. 그 시절은 요즘같이 넉넉하지 못해서, 아이들 생일을 챙기지 못 하는 가정도 있다는 것을 생각해 본 적이 없었습니다.

그러나 그 뿐. 저도 그 외에 생일 선물을 특별히 받은 기억이 없습니다. 오히려 설날이면 동네 아이들이 세뱃돈 받은 것을 자랑하느라 신이 났는데, 저는 그러지 못 했지요. 집안 어른들께서 덕담은 해 주셨지만 돈을 건네시지는 않으셨기에. 그것이 도무지 이해가 안 되어서 어머니께 여쭙기까지 했답니다. 어머니께서는 그저 웃기만 하시더니 몇 번을 조르니까,

"엄마가 너희들 밥 해 주지, 빨래도 해 주지, 예쁜 옷까지 요렇게 만들어 입히는데 절값을 꼭 주어야 하는 거니? 엄마는 다 공짜로 해 주는데….."

이렇게 말씀하셨습니다.

그랬지요. 어머니께서는 새벽부터 늦도록 안채와 뒤뜰의 닭장이며 앞마당 채소밭을 종종걸음으로 다니면서 바쁘게 일하셨어요. 추운 겨울에도 뒤란 빨랫줄에는 풀 먹인 이불 호청이나 식구들의 옷 등이 파란 하늘에 구름 뜨듯 펄럭거렸으니까요. 장독대에선 잘 닦인 항아리와 장을 품은 독들이 반지르르 빛을 냈습니다. 그 많은 손님치레도 거뜬히 하셨고, 밤에는 시부모님 저고리 동정을 다신다거나, 알전구를 끼워 자식들 양말을 기우시던 어머니! 그 순간 어린 마음에도 값으로 환산할 수 없는 어머니의 사랑과 노고가 느껴졌습니다. 이후로 그 말은 쑥 들어갔습니다.

젊은 시절, 다니던 회사보다 보수를 더 주겠다는 곳이 있어 동생이 망설인 적이 있었습니다. 월등히 높은 보수여서 누구라도 마음이 흔들릴 일이었지요. 며칠을 고민하던 동생은 어머니께 여쭈었습니다.

"사람이 돈 따라가면 못쓴다!"

어머니 대답에 동생은 회사에 남았고, 정직하고 성실히 일해서 능력을 인정받았지요. 성취감을 느끼며 일하던 동생 얼굴이 꽃처럼 피어나던 걸 기억합니다. 어머니가 말씀은 안 하셨지만 그런 딸을 대견스럽게 여기신다는 것을 알 수 있었습니다.

어머니께서 하늘나라로 가신지 올 7월이면 만 3년이 되어갑니다. 부쩍 마음이 쓸쓸하고 그리움이 차오릅니다. 허허로움을 떨치려고 미루어 두었던 서랍 정리를 하기로 했어요. 그러다가 봉투 모음을 발견하였습니다. 모두 어머니께서 주신 것들입니다. 세뱃돈도 안 주시던 어머니였는데…. 처음 봉투를 주시던 날에 놀랐던 마음이 살아납니다.

설날 차례가 끝난 뒤 어머니께서 자식들에게 봉투를 건네셨습니다. 꽃무늬가 예쁜, 분홍빛 포장지로 손수 만드신 봉투였어요. 열어 보니 돈이 들어 있는 게 아닙니까!

"엄마, 이거 웬 거예요?"

"응, 애썼다. 엄마가 주는 선물! 너 필요한 데 쓰도록 해."

고관절 수술 후 어머니께서는 아픈 사람은 절 받는 것 아니라며 세배를 받지 않으셨습니다. 그런데 오히려 세뱃돈을 주시니 난감했습니다. 자식만을 위해 사시던 분이 이제는 아무것도 해 줄 수 없다고 상심하셔서 그러시나 여겨졌지요. 마음은 저리지만 공손히 받을 수밖에요.

원래 알뜰하신 어머니께선 평소에도 탄탄한 상자는 버리기 아까워 하셨답니다. 모아놓았던 그림 좋은 달력 종이나 포장지로 상자를 잘 발라서 우산꽂이 등 여러 가지로 용도로 쓰시곤 했습니다. 살림에서는 손을 떼고 거동이 불편하셔서 늘 의자에 앉아 계시던 어머니. 그러나 솜씨는 여전하셔서 어머니께서 직접 만드신 봉투는 아주 훌륭했고, 우리는 '예술'이라고 감탄사를 연발하곤 했습니다.

그 이후부터는 설이나 생일 때가 되면 이렇게 직접 만드신 예쁜 작품을 내밀곤 하셨어요. 만 원 지폐 열 장씩 든 그 부피가 실제보다 더 묵직하게 느껴졌습니다. 괜찮다고 말씀 드려도 손에 꼭 쥐어주시고 필요한 곳에 쓰게 하셨던 겁니다. 오늘 세어 보니 열네 개나 되던 걸요.

사느라고 바빠서 그만큼 여유가 없었던 걸까요? 직장 생활하는 자식들 뒷바라지에 고생만 하신 어머니. 건강하시던 분이 낙상으로 수술까지 받으시고 완전히 바뀐 삶에 얼마나 상심하셨을지 알기에 그것을 받기가 민망했던 것이지요. 그래서 일부러 한 번도 세세히 본 적이 없는, 더러는 만 원짜리 지폐가 남아있기도 한 봉투들입니다.

처음에 손수 만드신 봉투 네 개엔 아무것도 쓰여 있지 않았습니다. 그 후 두 개의 봉투에는 어머니 필체가 또렷합니다. 제 것 앞에는 "金熙慶 前(김희경 전)", 뒤에는 "金順好 母(김순호 모)"라고 적으시고는, 봉투 윗부분을 접어 멋지게 봉인 표시까지 해 놓으셨지요. 다음 다섯 개는 사 온 봉투에 언제나처럼 이름을 적으셨어요. 그런데, 여기서부터 유려하던 글씨에 떨림이 있습니다. 직접 만들어 주시다가 사 온 봉투를 처음 주시던 날, 감사히 받으면서도 왠지 모를 아쉬움이 잠시 마음에 머물렀었지요. 그리고 그 다음 하얀 봉투에는 똑같이 쓰셨는데, 안 나오는 펜을 시험하는 것처럼 까만 선으로 마구 그려놓으신 흔적…. '이럴 분이 아니신데!' 지금 다시 보아도 불안했던 심정이 살아납니다. 다음 봉투는 은행 봉투인데, 어머니 글씨가 없습니다. 낯익은 동생 글씨로 어머니 대신 쓴다고 되어 있습니다. 그리고는 십 만원이 고스란히 들어있는 제일 두둑한 마지막 봉투, 아예 어떠한 글씨도 없이 휑한 열네 번째 봉투입니다. 어머니께서 좋아하시던 연보라, 라일락 빛 봉투입니다. 이것이 어머니께서 주신 마지막 봉투임을 이제야 깨닫다니요! 저는 참고 있던 울음이 터져 나왔습니다. 자식들 모르게 시나브로 사위어가시던 어머니, 그 가쁜 숨결이 뒤늦게 다가와서!

어머니의 봉투는 그냥 봉투가 아니었습니다. 이제 와 보니 그 어떠한 말보다 더 선연하게 어머니 생의 마지막 지도를 그리고 있었던 것을. 봉투를 마련하고 마음의 모든 것을 담아서 딸들의 이름을 온힘을 다해 쓰시던 시간들. 그 때마다 그 시간이 모여 자식을 향한 어머니의 곡진한 마음을 남기는 역사가 되고 있었음을. 왜 저는 그것을 그때는 몰랐을까요?

"엄마, 엄마!" 그리움으로 봉투들을 끌어안는데, 제 가슴에는 그 소리가 텅 빈 동굴 속 외침처럼 공허하게 메아리치고 있습니다.

부모은중경

오랜만에 뵌 지인께 근황을 여쭈었더니 성경을 옮겨 적는다고 하신다. 구약과 신약을 벌써 여러 번 썼다고 한다. 아픈 남편 생각을 하며 시간 정해 쓰다 보니 어지러운 마음이 가라앉고, 집중하다 보니 걱정도 한결 줄었다고. 손가락에 쥐가 나서 저렸는데 그 증세가 사라졌다고 웃으신다. 마침 나도 사경을 하는 중이어서 얼른 알아들었다.

나는 지금 한문으로 된 '부모은중경(父母恩重經)'을 그대로 옮겨 적고 있다. 부처님께서 부모님 은혜 크고 중하길 모르면 불효자이며 불교에 입문할 자격이 없다고 하셨다. '부모은중경'은 인간의 뿌리인 부모님의 은혜를 깨우쳐 주는 경전이라고 한다. 나는 어머니 돌아가신 후, 허한 마음을 달래려고 첫 번째 사경을 시도하였다. 그 의미는 국어 시간에 일부를 가르친 적이 있어서 대충 안다고 여겼고, 지푸라기라도 잡는 심정으로 한 글자씩 써나갔다. 머릿속은 온통 어머니 생각뿐이었다.

사경할 때에는 깨끗이 씻고 옷차림을 단정히 한다. 사경할 경전과 붓이나 펜 같은 필기도구도 준비한 후 마음을 고요히 하는 과정이 필요하다. 몸과 마음을 가다듬어 경건하게 사경에 임해야 하기에. 이렇게 하다 보니 집중하게 되어 나도 모르는 사이에 차츰 마음이 안정이 되어갔다. 완성된 사경 노트는 어머니를 위해 기도하는 마음으로 사르었다.

이제 다시 그 경전을 베껴 적고 있는 것이다. 두 번째임에도 진도가 술술 나가지 못한다. 첫 번째 사경은 오직 어머니를 위해 써야 한다는 의지로 의욕만 앞섰다. 그런데 두 번째 사경을 하려니, 새삼스럽게 뜻을 알고 싶어지는 게 아닌가. 경전 내용을 제대로 알지도 못하면서 적는다는 것이 무리라는 생각과 함께. 옥편까지 옆에 두고 기세 좋게 출발한 것까지는 좋았다. 그러나 1장부터 막히기 시작한다. 한문을 떠듬떠듬 읽다가 나는 해석이 콱 막혀버렸다. 힘들게 읽던 나의 눈이 휘둥그레 커졌다. 어버이날이 가까워지면 담임 훈화 시간이나 수업 시간에 곧잘 예로 들던 이야기가 바로 거기에 있었기 때문이다.

부처님이 남방으로 가시던 길에 한 무더기 뼈를 보셨다. 오체를 땅에 대고 절을 하는 부처를 보고 제자인 아난과 대중들이 이유를 여쭈었다. 불타는 이 뼈가 전생의 조상이거나 누대의 부모일수도 있다고 하며 그 뼈를 남자와 여자의 것으로 구분해 보라 하신다. 아난이 다시 묻는다. 살아서야 눈으로 남녀가 구분이 되지만 백골로서 어찌 분간할 수 있을지를. 그때 대답 중, 여자는 한 번 아이를 낳으려면 서 말 서 되의 엉킨 피를 쏟고, 어머니는 여덟 섬너 말이나 되는 흰 젖을 먹여야 하기에 그 뼈는 검고, 또 가벼운 것이라고. 이 내용을 쉬운 이야기체로 학생들에게 전달하고 부모님 은혜를 알자고 했었다. 종교를 떠나서 그 이야기는 학생들을 생각에 잠기게 했다. 이렇게 모르던 내용을 하나씩 알아가며 읽으니 더욱 흥미가 생긴다.

아난이 가슴을 오려내는 듯 아파 슬피 울며 어머니 은덕에 보답할 방법을 청한다. 이에 부처께서 어머니가 아이를 잉태하면서 겪는 열 달 동안의 신고(辛苦)를 자세히 알려주신다. 간신히 이 내용을 해석하여 쓰고, 다시 해석하며 쓴 내용의 의미는 나에게 뜻밖의 신선한 충격으로 다가왔다.

어머니가 잉태한 첫 달에는, 태아가 마치 풀끝에 맺힌 이슬과 같아서 아침에는 있다가 저녁에는 없어지는 것이니 이른 새벽에 모여 들었다가 한낮이면 흩어져 버리는 것이라고 한다. 나의 생명이 지켜질 수도 있고 사라질 수도 있었던 갈래 길이 느껴져서 아슬아슬하다. 이로부터 사람이 되어가는 열 달 잉태 과정의 변화를 해석하고 쓰기를 반복하다가, 나는 아예 사경보다는 해석에 매달려서 시간 가는 줄 몰랐다.

잉태한 지 여섯 달이 되면 어린 아이의 눈, 귀, 코, 입, 혀, 뜻인 육정(六精)이 열린다고 한다. 일곱 달째 가서야 삼백 육십 개의 뼈마디와 팔 만 사천 개의 털구멍이 생긴다니…. 그 옛날, 부처님 설명 속에 요즘 우리가 알고 있는 실제 수치와 거의 비슷한 것이 등장한다니. 그 내용이 과학적이어서 놀랍기만 하다. 또한 열 달이 차서 태아가 태어날 때 겪는 어머니의 고통을, 천 개의 칼로 배를 찌르는 듯하고 만 개의 송곳으로 가슴을 쑤시는 것 같다고 표현하였다. 내 어머니의 산고를 생각하면서 어느 덧 눈물이 차오른다.

한없이 깊은 고통 속에서 자식을 낳으시니 열 가지 은혜가 또 있다는 설명이 이어지고 있다. 뱃속에서 열 달 동안 길러주신 은혜, 해산할 때 고통 받으신 은혜, 자식을 낳고 근심을 잊으신 은혜, 쓴 것은 삼키고 단 것은 뱉어서 먹여 주신 은혜, 마른자리 진자리 갈아 주신 은혜, 젖을 먹여 길러 주신 은혜, 더러운 것 씻어 주신 은혜, 먼 길 떠난 자식 걱정하신 은혜, 자식 위해 모진 일도 다하시는 은혜, 마지막으로 끝까지 사랑하시는 은혜가 열거되어 있다. 이러니 평생 어머니에게는 오로지 자식뿐일 수밖에.

대충 알면서 다 알고 있는 것처럼 자만했던 지난 시간이 떠오르며 얼굴이 달아오른다. 어머니의 극진한 돌봄이 없었다면 이 세상에 존재할 수도 없었을 내가 아닌가. 혼자 잘 나서 큰 것처럼 세상 물정 모르던 시절을 모두 지우고 싶다. 요 정도 깨달음은 빙산의 일각이리라. 어머니의 빈자리가 여전히 깊은 슬픔으로 차 있다. '단 한 번이라도 뵐 수 있다면, 단 한 번만이라도 다시 안아 드릴 수 있다면' 나의 바람이 더욱 간절해진다.

　은혜를 갚는 방법을 알기 위해서 마지막 장인 10장까지 적어 나가려면 아직 남은 길이 멀다. 그 길섶에 서서 한없이 어머니가 보고 싶다. 계속 사경하며 앞으로 더 나아가기가 두렵기도 하다. 미처 깨닫지 못하고 어리석었던 나 자신을 반성하며 힘내야 한다. 늦었지만 한 자, 한 자 정성껏 다시 쓰며 의미를 되새겨야 한다. 내 삶의 이정표요, 나의 뿌리이신 부모님. 이제라도 진실하게 가슴 깊이 그 은혜를 새겨야만 부모님께서 낳아 키우신 참가치가 있는 것 아니겠는가. '부모은중경', 나에게 신세계로 가는 길이 열리고 있다.

어머니, 나의 어머니

　어머니께서는 늘 웃는 얼굴이셨습니다. 어릴 때 학교 갔다 돌아와서 파란 대문을 열면서 '엄마' 하고 부르던 그 시절이 그립습니다. 어머니께서 활짝 웃으시며 "이제 왔니?" 하시던 얼굴과 음성이 너무나도 그리워서 눈을 감습니다. 함박꽃 같은 웃음일까요, 보름달 달빛으로 그윽한 박꽃 같은 웃음일까요? 고우신 어머니 얼굴은 웃으실 때 하얗게 빛났습니다. 일 바지를 입고 일 하시면서도 얼굴엔 미소가 잔잔하셨지요. 머리 수건 두르고 일하시다가 빙긋 웃으시던 것도 떠오릅니다. 어머니 계신 것 자체가 좋았던 그때가 가슴 뭉클하도록 그리워집니다. 소리 내지 않고 웃으시는 꽃 같은 모습. 딸들 역시 이심전심, 소리 없이 웃으며 살아갑니다.

　어머니께서 백일 된 저를 안고 미소 지으며 찍은 그 옛날 흑백 사진. 한복 치마허리를 질끈 묶고 아기를 안으신 그 사진에서는 가뿐함이 느껴집니다. 외출하실 때에는 주로 한복을 곱게 입으셨지요. 가끔 양장도 멋지게 입으시던, 맵시 있는 모습은 영화 속 모습처럼 아름답게 자리하고 있습니다. 어머니 옷 뿐 아니라, 자투리 천을 끊어다가 저희들 옷도 직접 만들어 주시곤 했지요. 솜씨 좋은 어머니는 예쁘게 꽃수도 놓아서 입히셨어요. 할아버지 한복을 지으시던 모습은 아직도 생생합니다. 햇빛 가득한 방에서 재봉틀 앞에 앉으신 어머니. 오른 손으로 재봉틀을 돌리시고, 발로는 재봉틀 발판을 열심히 밟으셨어요. 그때마다 바늘이 움직여 바르게 꿰매지는 모습은 또 얼마나 신기하던지! 딸들은 어머니 정성으로 지어진 옷을 입을 때처럼 사랑을 안고 살아갑니다.

고등학교 시절, 경복궁 근정전 앞에서 열린 동아일보 주최의 제 1회 민족시 백일장에 참가하였을 때 찾아오신 어머니. 동아일보에 실린 시조 백일장 예선에 작품을 보냈는데 예선 심사를 통과해서 본선에 나갔던 것입니다. 학교로 예선 입선 메달이 오는 바람에 알리지도 않았다고 담임 선생님께 혼나고 나간 백일장이에요. 노산 이은상 선생께서 대통령께 시제를 직접 받아왔다고 해요. 시제가 든 봉투를 개봉할 때, 근정전에 흐르던 한낮의 엄청난 고요를 기억합니다.

정 몇 품인지 표지석 옆에 앉아서 과거 시험 치르듯 땀 흘리며 시조를 쓰고 난 뒤였지요. 어머니께서 진땀 빼고 있는 제게 손수건을 건네셨지요. 시부모 모시고 사시느라 미술대회를 나갈 때도 한 번 오시지 않았는데. 많은 사람들 틈에서 깜짝 놀라게 등장하신 어머니는 제게 큰 의미를 심어 주셨습니다. 환한 미소가 가을 햇빛만큼이나 눈부셨습니다. 이제 맏딸은 글 쓸 때마다 글밭으로 인도하시는 듯 선뜻 와 주신 그 바람을 헤아리며 살아갑니다.

대학 졸업 후 취업을 하려 애쓸 때, 남자 선생님만 원하는 현실에 회의를 품다가 여교사도 좋다는 안면도 중학교로 면접 보러 간다니까 어머니는 반대하셨어요. 대학을 갓 졸업한 딸을 염려하신 게지요. 그래도 가겠다는 딸을 가만히 바라보시던 어머니. 결국 저를 따라 길을 나섰지요. 어머니와 같이 면접을 보러 가다니요! 초행이라서 아는 바도 없고 저녁 늦게 승언리라는 곳에서 미리 내리는 실수를 했답니다. 그 날 밤 여관에서 어머니와 함께 자고, 다음날 버스를 타고 더 들어가서 고남에서 내렸어요. 정류장에 교감 선생님이 마중 나오신 것을 보고서 안도의 한숨을 쉬셨어요. 어머니 사랑을 든든한 울타리로 취업이 되었습니다.

갈 때는 못 느꼈던 시골길. 시골 버스는 덜컹덜컹 사정없이 흔들렸습니다. 길목에 늘어선 훤칠한 해송들을 보고 감탄하며 꼬옥 몸을 기댄 채 우리 모녀는 행복하였습니다. 그것은 어머니와 함께한 최초의 모녀 여행이 되었습니다. 얼마나 아름다운 여행이었는지요! 어머니께선 동생들에게 그 이야기를 아주 재미있게 두고두고 말씀하셨고, 그때마다 웃음보가 터졌다지요? 딸들은 오늘도 희망을 품고 어머니처럼 긍정적으로 여행 같은 삶을 살아갑니다.

말수가 적으시지만 진지하게 들어주시는데 대장이신 어머니. 딸들은 늘 학교에서 파하고 오면 어머니께 시시콜콜히 말이 많습니다. 저녁 준비를 하시느라 바쁘실 텐데 허투루 듣지 않으시고 적합한 답을 해 주셨던 우리 어머니. 꼭 필요할 때 해 주신 말씀들은 가뭄에 단비처럼 자식들을 건강히 자라게 하셨어요. 그 와중에 가계부를 꼬박꼬박 적기도 하셨습니다. 콩나물 얼마, 호박 얼마 이렇게 적으시는 중에, 가끔 등장하는 가족들에 대한 소소한 일상사 기록은 제가 가끔 들여다보는 재미있는 놀이였습니다.

다정히 끌어안아 주시지는 않으셨지만 자식들은 어머니 속맘을 다 알았습니다. 속으로는 우리를 항상 따뜻이 품고 사신다는 것을. 사람이 너무 말이 많으면 못 쓴다고, 말을 아끼라고 하셨는데 참 옳은 말씀이라고 생각했어요. 그것은 나중에 자식들이 큰 직장에서 많은 사람과 더불어 살아갈 때 진가를 발휘하였습니다. 딸들은 어머니처럼 말을 아끼고, 진심을 다해서 경청하고 수용하려고 애쓰며 살아갑니다.

어머니께서 언제나 자애로우시지는 않았습니다. 자식이 잘못한 것은 호되게 꾸짖으셨지요. 어머니 말씀을 듣다 보면 잘못이 느껴지고, 그래서 더 조심하게 됩니다. 제 잘못 뿐 아니라 동생이 잘못하여도 언니들이 같이 혼나는 교육 방식, 그것은 어린 마음에 참 부당하다고 느끼기도 하였지요. 그러나 덕분에 어머니의 분신인 딸 셋은 자매간에 서로 아끼는 우애가 남다르게 각별한 정으로 살아갑니다.

어머니께서는 93세까지 평생을 어떻게 그토록 한결같이 사실수 있으셨을까요! 진지 한 술 더 뜨신 적도 없이 소식하시고, 정확한 기상과 취침 시간을 지키시며, 자투리시간조차 알뜰하게 항상 새로운 무언가를 하시곤 했지요. 매일 주어지는 시간을 허투루 쓰지 않는 삶의 태도. 변함없이 규칙적으로 반복된, 오랜 습관이 신기해서 여쭈어 본 적이 있지요.

"젊어서부터 습관이 몸에 붙어서 그렇지. 세 살 버릇 여든까지 간다는 말도 있지 않니? 시간을 아껴서 써야 해. 어차피 삶이란 그 시간을 통한 과정이니까."

한 번도 성실하게 살아야 한다고 말씀하신 적이 없으십니다. 온갖 풍파 속에서도 그저 묵묵히 주어진 상황에서 성실한 삶을 이루셨어요. 그것을 지켜보며 성장한 자식들은 오늘도 어머니처럼 시간을 아껴 규칙적으로 살려고 애쓰고 있습니다. 오랜 세월 지속된 좋은 습관이 인간을 얼마나 여유롭고 단단하게 하는지 잘 알고 있어서요. 딸들은 오늘도 어머니의 '성실'이라는 재능을 닮고자 열심히 살아갑니다.

어머니, 당신께서는 어쩌면 늘 그렇게 해맑은 표정으로 모든 이를 끌어 안으셨는지요? 어머니께서는 평생 욕을 한 적이 없으십니다. 욕은커녕 '싫다, 밉다, 나쁘다, 못됐다' 이런 단어를 쓰시지 않으셨어요. 주변에서 만나는 모든 이를 공평하게 대하셨고,

누구에게도 서운함을 느끼게 하지 않으셨지요. 어머니를 직접 만나 본 사람들은 지금도 어머니를 많이 그리워합니다.

말년에 거동이 불편하셔서 마당에는 못 나가셨지만 보조 기구에 의지해서 가끔 창밖을 응시하곤 하셨습니다. 특히 눈 내리는 것을 좋아하셨지요! 수척해진 감나무 가지에 눈이 쌓이고, 몇 안 되는 항아리에 눈이 소담하게 쌓이면, 내 고향 강원도에서처럼 잣눈이 오려나 기대하시면서요. 쌓였던 눈도 녹이는 햇살 좋은 날, 창밖을 보시다 한 말씀 하십니다.

"얘야, 햇빛이 어찌 이리 좋으냐! 건강한 햇살이다!"

그 탄성에 시인 같은 감성이 묻어납니다. 어머니 얼굴은 잔잔한 웃음꽃이 피어납니다. 그런 어머니 딸로 태어나서 섬세한 아름다움을 얼마나 많이 느꼈는지요. 자식들 가슴에는 늘 안온함을 심어 주신, 햇살 같은 어머니가 계십니다. 오늘도 딸들은 어머니를 간절히 그리며 살아가고 있습니다. 어머니, 나의 어머니!

물 흐르듯 가는
시간 속에
단단히 짜여 가는
어머니 삶

오늘도 또 하루 다 갔다
나이가 이리 되니

해 지는 것만 봐도 서글프다는
울 엄마

설렁설렁
감나무 텅 빈 나뭇가지 바람
쓸쓸히
긴 겨울 끌어안으시다

염려하는 자식 눈빛에
햇빛이 어찌 이리 좋으냐
건강한 햇살이다 웃으시니
슬픈 내 눈에도 결 고운 햇살 흐른다.
　　　－졸시 〈어머니, 나의 어머니〉

04

그
한
사
람

매서운 바람이 코를 훌쩍이게 한다.
하지만 떡 든 장바구니를
오늘따라 따끈하다고 느끼는 것이,
바로 그 한 사람 덕이라면 지나친 말일는지.
설밑 내 마음에
깨달음의 훈풍이 불고 있다.

그 한 사람

미리 계획을 세우고 준비를 했지만 설이 다가오니 마음이 분주하다. 북풍과 함께 어느 새 코앞에 와 있는 까치설! 마지막 준비로 차례상에 올릴 떡을 사려고 재래시장으로 향했다. 나는 시장에 가는 것을 좋아한다. 시장에 넘치는 삶의 활기가 내게도 힘을 주어서다. 시장 입구부터 사람들이 마치 파도를 타는 검은 용처럼 꽉 차 있어서 걷기가 쉽지 않았다. 넓지 않은 길 양쪽으로 가게마다 길게 줄 서 있는 사람들을 보며 그래도 여유 있게 이것저것 구경도 하면서 천천히 지나간다.

마침 떡집에서는 방금 나온 듯 떡에서 김이 모락모락 오르고, 주인장은 뜨끈한 떡을 파느라 인사할 겨를도 없다. 나도 길게 늘어선 사람들 뒤로 섰으나 내 순서가 오기도 전에 떡은 동이 나고 말았다. "아, 어떻게 하나!" 방법이 없다. 다른 떡집으로 가서 기웃거린다. 그러나 다른 곳들도 역시 마찬가지다. 하긴 내일이 설이니 상에 올릴 떡을 사려면 지금이 최적의 시간일 거라는 생각이 든다.

갑자기 마음이 급해진다. 상점 밖까지 진열된 상품을 고르느라 붐비는 사람들 사이를 뚫고, 단골 떡집으로 다시 돌아가는 길이 만만치 않다. 그런데 이게 웬 떡인가! 그 새 죽 섰던 사람들이 휑하니 빠지고 두 사람만 있으니. 봄날 아지랑이처럼 김이 곱게 피어오르는 삼층 찹쌀편이 얼른 눈에 들어왔다. 그 중 제일 모양 예쁜 것을 골라서 살 때엔 횡재라도 한 기분이 들었다.

그러나 그 기쁨도 잠시, 집으로 돌아가는 길은 험난한 여정이 되었다. 온 동네 사람이 다 나온 듯, 거의 발 디딜 틈 없는 인파 속에서 앞을 향해 간다는 것 자체가 심란한 일이다. "휴우!" 절로 한숨이 나오는데, 갑자기 뒤에서 하얀 자동차 한 대가 나타났다. 마치 하늘로부터 밀림 속 오솔길에 뚝 떨어진, 덩치 큰 코끼리처럼. 경악하는 사람들 숲에서 그 차는 제자리에 서 있다가 슬금슬금 아주 조금씩 움직이다가는 또 선다. 가게 앞 노점상들과 장 보던 사람들, 지나가던 사람들까지 차에 치일까봐 야단법석이다. 놀람에 눈을 크게 뜬 채, 나는 떡을 소중히 끌어안고 차바퀴만 내려다보고 서 있었다.

"이런 날, 이런 곳에 차를 갖고 나오다니 제정신이야?"

누군가의 말이 화살처럼 꽂힌다. 마치 내 마음을 대변이라도 하는 듯한 날카로운 외침에, 기다렸다는 듯 비난의 소리들이 여기 저기서 쏟아진다. 급기야 차량 엉덩이를 주먹으로 쿵쿵 치는 사람도 있다. 신고해야 한다면서 사진을 찍기도 한다. 나도 못마땅하기는 했지만 이 예상치 못한, 가달들의 살벌한 반응이 더욱 놀라웠다. 순식간에 아수라장이 된 골목 시장에는 질책과 비난이 소란스럽게 날아다녔다. 그 와중에 앞으로 가려는 사람들과 반대쪽에서 오려는 사람들이 부딪치며 내 앞 사람이 쓰러진다. 나도 모를 괴력으로 뒤에서 그를 간신히 붙잡았다. 강아지를 안고 있던 중년 부인인데 속수무책으로 몸이 기울어진 때문이다. 한 손으로 떡을 보호하며 다른 한 손으로 그 사람을 붙잡느라 평소 아프던 어깨에 진한 통증이 왔다.

차가 다시 움직이기 시작한다. 앞을 보니 남루한 옷을 입고 허리에 전대를 찬 할머니 한 분이, 차에게 어서 오라는 듯 격하게 손짓하고 있다. 사람들을 물리고 그 차가 나아가게 인도한다. 그 것을 보고 한 상인이 외친다.

"조금씩 물러나세요! 저 차 빠져야 여러분이 장을 봐요. 사람들도 편히 가구요!"

거짓말처럼 사람들이 밀착했고, 바닷길처럼 벌어진 길로 자동차가 간다. 할머니 손짓을 따라 엄마 손 잡고 걸음마를 배우는 아기처럼 전진하고 있다. 얼마간 시간이 지나면서 드디어 사람들도 움직일 수 있었다.

나는 간신히 한 골목길로 탈출을 감행하였다. 서둘러 나오다가 보니 순찰차가 시장 큰 골목으로 가는 것 같다. 장을 잔뜩 보고 가던 아주머니가 차를 세우고 방금 전 떠나온 그곳을 가리킨다. 마스크를 벗고 말하는 그녀의 얼굴에는 아직도 노여움의 그림자가 짙다. 마주치고 싶지 않은 무서운 표정이다. 지금 내 얼굴도 저럴까?

문득, 아까 교통 안내로 정체 상황을 해결하던 분이 떠올랐다. 많은 길을 두고도 설밑에 시장 길로 내려온 운전자와, 자기에게 피해를 준다고 차를 치며 소리 지르고 신고하는 사람들과 대비가 되던 그 얼굴이다. 아무 표정도 없이, 아무런 말도 없이, 그렇지만 강렬한 눈빛을 모아 수신호를 하시던 분. 조금 하다 만 것이 아니라 조금 더 넓은 길까지 묵묵히 자동차를 인도하던, 자그마한 체구의 할머니. 그분에 대하여 아는 바는 없지만, 그 자리에 있던 수많은 사람과는 분명 달랐다.

와글와글 치솟던 소리들을 수그러들게 하던 무언의 몸짓 속에 숨겨져 있는 힘, 그 지혜로움이 마음에 다가온다. 우리 일상에서 남의 잘못을 나무라는 일이 얼마나 흔한가. 그분은, 비방하기 전에 마음을 조심스럽게 가져 말을 삼가고 행동했을 것 같다. 그래서 상처 주는 소리가 잦아들고, 다른 이의 성냄을 순하게 흩어지게 한 것은 아닌지! 그 덕분에 길이 실타래 풀리듯 풀어진 것은 아닐까.

매서운 바람이 코를 훌쩍이게 한다. 하지만 떡 든 장바구니를 오늘따라 따끈하다고 느끼는 것이, 바로 그 한 사람 덕이라면 지나친 말일는지. 설밑 내 마음에 깨달음의 훈풍이 불고 있다.

새해 단상(斷想)

온가족이 모여 보신각 종소리와 함께 임진년 새해를 맞이했다. 해마다 듣는 소리건만 올해는 유난히 울림이 깊다. 보신각에 나가서 타종을 지키던 J가 밝은 목소리로 전화했기 때문인가, 동해로 해돋이 광경을 보러간 H의 메시지가 인상 깊어서일까. 수많은 사람들과 어울려 즐겁게 새해를 맞이하는 나의 지인들. 그들의 각별한 마음은 지친 나에게 달콤한 선율로 전해진다. 어떠한 갈등, 두려움, 걱정 없이 평온하고 화목한 상태를 선사한다. 서로서로 새해 축하 인사를 하면서 마음속 깊이 자그마한 희망의 씨앗을 뿌린다. 한 해를 보내고 또 새로운 한 해를 맞이하는 순간만큼은 누구나 이러한 감정을 느끼리라. 이렇게 함께 지난 시간을 물리고 새 시간을 맞이할 수 있다는 게 새삼 고맙다는 생각이 든다.

살다 보면 뜻하지 않았던 여러 가지 일들을 수시로 만나게 된다. 지난해에 나에게도 여러 가지 일들이 많았지만, 특히 나와는 무관하면서도 결코 무관하지 않은 일들도 있었다. 우리 학교의 1학년 학생들이, 국어 시간에 수행평가로 내준 신문읽기 과제로 '브레이빅' 사건을 많이 선택하였다. 그 발표 수업 시간에 아이들과 의견을 공유하다 보니 흥분한 나머지 벌떡벌떡 일어나는 아이들도 있을 정도였다.

이 사건은 복지국가로 알려진 노르웨이의 수도인 오슬로 인근에서 일어났다. 브레이빅이라는 32세의 극우 기독교 원리주의자(fundamentalist)에 의해 저질러졌다. 그는 우퇴야 섬 캠프에 참가했던 무고한 청소년들에게 자동소총 등을 난사해서 무자비하게도 86명의 어린 목숨을 앗아갔다. 총기를 발사한 후에는 일일이 생사 여부를 확인하기까지 했다니 참 어이가 없다.

이 아비규환의 인간 사냥 속에 16세 소녀 줄리 브렘네스가 있었다. 그녀가 엄마, 마리안과 2시간 동안 문자메시지를 주고받으며 살아난 이야기는 우리에게 전율을 느끼게 한다.

"엄마, 미친 사람이 총을 쏴!"

"침착해, 5분마다 문자해!"

딸이 죽음에 처했지만 아무것도 해줄 수 없어서 마리안은 문자를 보내도록 했다. 바위 뒤에 숨어 있던 딸은 통화는 못하면서도, 무섭지만 패닉 상태는 아니라면서 잘 견뎠다. 딸과 긴박한 상황에서 계속 문자를 하며 생방송을 지켜보던 엄마는 브레이빅이 경찰

복장을 하고 있다는 것을 알게 되었다.

"엄마, 살았어! 경찰이 와!"

마침 보내온 딸의 이 문자에,

"조심해! 꼼짝도 마, 경찰 옷을 입은 그가 바로 범인이야!"
라고 해서 딸을 위기에서 살려낸 엄마 마리안! 얼마나 공포에 질
린 긴박한 2시간이었을지!

이는 이슬람 이민에 관대한 노르웨이 정권을 겨냥한 증오심과
광적인 종교관에 뒤덮인 자의 만행으로 밝혀졌다. 그 이틀 전에
정부 청사에 폭탄 테러가 있은 후 이슬람 이민자들은 자신들에게
쏠리는 의혹의 눈초리를 견뎌야만 했다. 행여 그들 중 누군가의
잘못이라고 드러날까 봐 숨을 죽였다고 한다. 결국, 다문화 사회
를 거부하는 노르웨이 자국민 극우주의자의 소행임이 드러나자
비로소 한숨을 돌렸다고. 당시 언론에 한 이슬람 이민 소녀의 글
이 소개되었다. "우리가 이 땅을 떠나면 이런 무서운 일이 다시는
일어나지 않을까요?" 이 글귀는 많은 사람들의 마음에 파문을 남
겼다.

노벨 평화상 수상식이 열리는 바로 그 곳에서 이런 일이 일어나
다니. 세계 평화의 상징 오슬로를 침묵케 했던 이 광기 어린 대
학살극은, 노르웨이뿐만 아니라 유럽 전역에 확산되고 있는 극우
주의의 물결에 대한 경각심을 불러 일으켰다. 아울러 아시아의
한국, 그리고 경기도의 분당, 그 중 한 중학교의 작은 교실에서

아이들을 참 많이도 생각하게 했다. 이 이야기가 나올 때마다 살 떨리게 무서웠다는 한 남학생은 잘못된 종교관의 무서움을 지적했다. 어떤 여학생은 그를 미치광이라 단정 짓고, 그 미친 행동을 규탄하면서도 아버지로부터 버림받고 외면당한 '불쌍한 영혼'에 초점을 맞추기도 했다.

한 사람의 그릇된 생각이 무서운 결과를 초래한 예가 어디 이뿐일까. 연말에 우리 사회를 떠들썩하게 만든 폭력 사건, 집단 구타, 왕따 사건이 한둘이 아니다. 자신과 친했던 바로 그 친구로부터 따돌림을 받고 괴롭힘과 구타를 지속적으로 당하던 한 소년의 죽음. 그것이 우리를 한없이 비통함에 젖게 하고 침묵케 하지 않았던가. 사실, 대부분의 사람들이 큰 행복을 바라고 파랑새를 찾아다니지는 않는다. 자신의 계획대로 성실히 그날그날을 살며 한 걸음씩 꿈을 향한다. 이러한 삶에는 폭력이 전제되어 있지 않다. 올바르지 못한 사고(思考)로 자신의 이익만을 추구하고, 그 반경 내에서 용인할 수 없는 것들에 대해 옳지 않다고 하며 위해(危害)하려는 것, 이 또한 폭력이 아닐는지.

또 한 해가 시작되었다. 새로이 맞이한 시간 속에서 우리는 많은 일들을 계획하고 실행한다. 사람들과의 소통 속에서 일하며, 희망의 씨앗에서 싹튼 일의 결실을 향해 나아갈 것이다. 어떤 일이든지 나의 행동은 나에게서 끝나는 것이 아니다. 우리 행동의 파장은 무한히 퍼져나갈 것이다. 나는 내 자리에서 온건한 마음으로 따뜻한 인간관계를 맺으며 열심히 살고 싶다. 어디에서든지 다시는 제2의 브레이빅 같은 인간이 나와서는 안 되기에.

흑룡의 새해를 맞이하는 이 순간, 평온함과 따뜻함을 상기하며 우리는 기억해야 하지 않을까. "내가 하는 모든 것을 통해 세상과 연결되어 있고, 내가 느끼는 모든 마음으로 사람들과 연결되어 있다."는 알베르 카뮈의 말을.

인도, 꽃으로 피다

　1월 중순에 떠난 인도 여행 첫 도착지는 델리였다. 그때 그곳은 우리나라 초가을 날씨에 먼지가 풀풀 날리는, 건조한 겨울이었다. 거리에서 혹은 가게에서 국화과에 속하는 노랗거나 주황빛인 메리골드를 펼쳐 놓고 흔하게 팔고 있는 것이 이채로웠다.

　델리에서 국내선 비행기를 타고 1시간 40분 정도 걸려서 바라나시로 이동하였다. 만약 인도에서 단 한 곳만 가야 한다면 선택해야 할 곳이라고 한다. 인도에서 가장 오래된 도시로 힌두교와 불교의 중요한 성지이며, 연간 100만 명이 넘는 순례자들이 방문한다는 명소이다. 13억 인구의 85%가 힌두교도라는 나라. 성스러운 강이라 불리는 이곳 '갠지스강'에서 몸을 씻으면, 전생과 이승에서 쌓은 업이 씻겨서 다음 생에서는 한 단계 높은 신분으로 태어난다고 믿는 사람들이 전국에서 일 년 내내 찾아온다고 한다.

우리 일행은 갠지스강으로 가기 위해 사이클 릭샤를 타야 했다. 그것은 자전거 뒤에 두 명이 앉을 만한 좌석을 갖춘 것으로, 우리의 인력거와 비슷하다. 일행을 태운 10여 대의 릭샤가 혼잡한 거리를 향해 떼를 지어 출발하였다. 나는 떨어지지 않으려고 왼손으로는 옆 자리의 장 선생을 붙잡고, 오른손으로는 의자 팔걸이를 꽉 잡았다.

힘겹게 자전거 페달을 밟는 릭샤 왈라(인력거꾼)의 목도리가 바람에 날린다. 그는 희끗희끗한 머리에 황토색 털모자를 쓰고 면으로 된 흰색 전통 의상을 입었다. '삐익 빽' 사방에서 들려오는, 고막을 뒤흔드는 경적 소리에 힐끗 고개를 돌리는 퀭한 얼굴. 야위고 까만 종아리에 힘을 실어 고달픈 인생길을 거슬러 오르듯 앞으로 나아가려는 모습이 안쓰러웠다. '아, 10킬로그램쯤 가벼웠더라면. 참 미안하다.'는 생각도 잠시.

자동차와 오토 릭샤, 자전거, 오토바이 등이 끊임없이 달려들어 아찔한 순간순간이다. 차선도 없는 도로에서 끼어들기가 다반사이고, 경적소리 울리며 겁을 주는데도 용케 헤쳐 나간다. 무질서 속의 질서라고나 할까. 심지어 역주행까지 하는 상황에서도 그는 거침없는 곡예사다. 바람과 매연을 막느라 방한복과 마스크로 중무장을 한 나는 극도의 공포와 긴장 속에서 앞서거니 뒤서거니 하는 일행을 눈으로 좇았다. 릭샤 왈라는 어찌나 날렵하게 잘 몰던지 뒤돌아보고 수신호까지 해가며 쭉쭉 날아갈 듯 달려 드디어 갠지스강 근처에 도착했다.

우리는 릭샤에서 내려 인파가 붐비는 시장 거리를 요리조리 잰걸음으로 빠져나갔다. 여기저기 쓰레기가 널린 그곳은 숱한 노숙자와 어슬렁거리는 소와 개들 사이에서 아이를 안고 구걸하는 여인들까지 그야말로 난장판이다. 갖가지 물건을 파는 노점상 사이에서도 유난히 많은 꽃장수들. 이곳에서는 신이나 인간에게 바치는 가장 성스러운 것을 꽃이라고 여겨서일까. 많은 여인들이 전통의상을 입고 꽃을 고른다. 미로 같은 그곳을 종종걸음으로 빠져나왔다 싶을 때 갠지스 강가로 내려가는 기나긴 계단이 기다린다.

마침 힌두교의 제사 의식인 아르띠 푸자가 진행되고 있었다. 우리 일행도 다른 여행자들처럼 배를 탔다. 전면에 보이는, 양쪽 끝 화장터에서 검붉게 타오르다 노랗게 흩어지는 불길이 두렵게 느껴진다. 중앙 제단에서 푸자를 거행하며 불덩이를 신에게 바치는 노랫소리가 들린다. 모두가 그곳을 본다. 흔들리는 뱃전에서 균형을 잡으려 애쓰며 숨죽이고 있는, 세계 각지에서 온 수백 명의 사람들. 어둠 속에서 크게 들리는 승려의 묵직한 저음은 뱃전으로 찰싹거리며 왔다 멀어지는 물소리와 어우러져서 묘하게 심금을 울린다.

몇 시간 전에는 살아 있던 누군가가 가족들에게 둘러싸여 육신이 떠나는 현장이다. 어떤 이는 숨죽이며 보고, 또 다른 누구는 그 순간 차가움도, 다른 이의 시선도 아랑곳 하지 않고 몸을 씻고 있다. 삶과 죽음이 바로 눈앞에 펼쳐지는 이곳에서의 이 기이한 느낌은 무엇이라 말해야 할는지. 뱃전에 찰싹이는 물결 따라 상념이 갈래갈래 피어오른다. 살아서 한 번은 와야 한다는 이유를 어렴풋이 알 듯도 하다.

돌아오는 길에 우리는 왔던 순서대로 다시 릭샤를 탔다. 아까보다는 훨씬 줄어든 교통량 덕분에 더욱 쌩쌩 달렸다. 갠지스강의 잔영은 우리를 더욱 깊은 생각에 잠기게 해서 손을 꼭 잡은 채 아무 말도 할 수 없었다. 무사히 첫 번째로 숙소에 도착해서 고마운 마음에 릭샤 왈라에게 각각 팁을 주었다. 들어가다 뒤돌아보니 그는 아직도 그 자리에 선 채 가만히 우리를 바라보고 있다. "나마스떼!" 외치며 두 손 모아 감사의 마음을 전했다.

다음날 새벽 5시 30분에 해돋이를 보기 위해서 우리 일행은 다시 갠지스강으로 향했다. 이번엔 리무진 버스를 타고 편하고 빠르게 도착했지만 왠지 아쉬웠다. 현지인들이 몰려 서서 먹는 장터 가게에서 따끈한 짜이(밀크 티) 한 잔으로 한기를 달랬다. 꽃을 팔고 사는 이들, 노숙자들과 소들이 서로 등을 맞대고 잠자고 있는 사이를 빠져 나가 강가로 갔다.

온 세상을 덮을 듯 안개가 자욱하다. 해돋이 보기가 힘들 것 같다는 말을 한 귀로 흘리며 여전히 진행되고 있는 화장터의 잦아드는 불길로 눈이 쏠렸다. 여기저기서 몸을 씻는 사람들, 고요한 가운데 배에 올라타는 사람들. 수드라 신분을 대대로 이어받아

강물에 두 다리를 버티고 서서 빨래하며 하루를 여는 사람들. 철썩, 물가로 내리치는 그들 손길이 무겁게만 느껴진다.

내 앞으로 슬며시 다가오는 배에 일행과 조심스레 오른다. 은연중에 침묵이 흐른다. 눈을 감는다. 물소리, 빨랫방망이 치는 소리, 기도소리, 노랫소리가 어우러져 큰 떨림처럼 다가온다. 눈을 뜨니 안개가 넘실대며 너른 강을 포위하고 온 세상이 아득하기만 하다. 문득 이 세상에서 '나'의 존재가 오롯이 느껴지는 순간이기도 했다.

건강을 기원하는 꽃불(띠아)을 어두운 물가에 살짝 내려놓았다. 노란 꽃으로 주위를 단장한 아기 양초에 불을 붙여 강물에 띄우며 소원을 빈다. 아련한 안개 속에 호젓하게 떠나는 꽃불을 보고 있으니 늘 가슴에 끌어안고 있는 돌아가신 부모님 생각이 떠올라 간절히 기도하게 된다. 내가 띄운 꽃불을 받치고 있던 꽃들이 떨어져 나와 불붙은, 제 자그마한 촛불 곁을 호위하듯 따라간다. 노란 꽃잎이 다른 꽃불과 어울려 물속에서 피어오른 연꽃인 양 안개 속으로 아스라이 멀어져 가고 있다. 신비함을 오감으로 느끼며 눈을 뗄 수가 없다.

돌아오는 버스 속에서 그 광경이 어른거려 눈을 감는다. 문득 마하트마 간디를 화장한 곳으로 추모 공원이 된 라지가트가 떠오른다. 그곳에 새겨진 간디의 마지막 말인 '헤이 람!(오, 신이여!)'이 의미심장하게 다가온다.

이 여행에서 만난 이들이 스쳐간다. 유네스코 문화유산 입구와 호텔 입구마다 원칙대로 검색을 철저히 하던 이들, 있는 힘을 다해 자전거를 몰았던 릭샤 왈라, 200년 영국의 지배에서 벗어나고도 여전히 전통 의상을 입고 사는 사람들, 갠지스강에서 만난 수많은 사람들. 혼란 속에서도 질서가 있던 묘한 삶. 그들 마음 깊은 곳으로부터 우러난 한결같은 간절함이 메리골드처럼 화사하게 피어오른다. 고달픈 삶을 견디어내려는 의지와 내세에 대한 순수하고도 강렬한 희망 같은 것. 존경, 존중, 신에 대한 경배의 의미도 지닌, 그들의 인사말 나마스떼를 되뇌며 "인도, 꽃으로 피고 있다."고 나직이 읊조려 본다.

봄이 오는 소리

나는 해마다 3월이 다가오면 귀를 활짝 열어 제친다. 아직은 찬바람이 나무들을 떨게 하지만 어디선가 봄이 오는 소리가 들릴 것만 같아서다. 왠지 모를 설렘이 마음에 서서히 차오른다. 특히 올해는 3·1운동과 상해임시정부수립 100주년이 되는 해이다. 텔레비전으로 독립운동가 소개 영상을 매일 접하면서, 나는 착잡하면서도 기다리는 마음으로 2월을 보냈다. 조국을 위해 투신하신 열사들을 떠올릴 때마다 새삼 추모와 감사의 마음에 가슴이 시나브로 벅차올랐다.

적의 수도, 동경 한복판에서 소리 높여 외친 2·8독립선언을 시발점으로 상해 임시정부 수립과 독립운동가들의 결집. 끝내는 숨죽이며 보낸 인고의 시간을 털며 일어난 우리 겨레의 날갯짓. 우리 가슴에 저장된 3·1절에 대한 크나큰 감사의 울림이 살아난다.

민족대표 33인의 독립선언으로 온 겨레는 하나로 뭉쳤다. 남녀노소는 물론 어떤 가름도 없었다. 그저 한 민족이라는 구심점을 끌어안고 한 마음으로 다함께 태극기를 흔들었다. 도시 대로에서나 고샅에서나 사람들은 밖으로 뛰쳐나와 '대한독립만세'를 불렀다.

이들을 막는 일본 총칼 앞에서 수많은 사람들이 피를 흘리고, 감옥으로 끌려가 모진 고문과 악형을 당했다. 어린 학생들이 감옥에서 숨을 거두면 부모에게 연락을 하기도 했지만, 어찌나 참혹하게 고문을 당했던지 차마 보일 수 없는 시신은 알리지도 않고 시구굴로 내어간 일이 비일비재했다지 않은가. 그럼에도 불구하고 독립만세운동의 기세는 전국으로 불길처럼 번져 이웃 중국의 5·4운동에도 영향을 끼쳤다고 한다. 세계 역사상 식민지 지배를 받던 나라 가운데 어디에서도 이렇게 비폭력, 거족적인 독립 운동의 예는 찾을 수 없다니…. 역시 만세를 부르다가 끌려가서 온갖 고문을 당하셨던, 나의 할아버지를 떠올려본다. 후손으로서 새삼 숙연해지고, 가슴이 더욱 먹먹해지지 않을 수 없다.

1919년 4월 1일, 동아일보가 창간되었고, 우리 민족의 자존과 독립 의지를 계속 이어가려고 아일랜드 사례를 소개하기에 이르렀다. 당시 영국과 아일랜드의 전쟁을 다룬 기사를 크게 다뤘다. 온 겨레를 격려하고 지지하려던 계몽이 목적은 아니었을지. 결국 1920년 9월 동아일보가 1차 정간을 당하게 된다. 당시 구독자들은 그런 기사와 사설을 보며 얼마나 심리적으로 크게 고무되었을지

짐작해 본다.

켈트족으로 이루어진 아일랜드는 12세기부터 앵글로색슨족인 영국의 식민지 지배를 받아온 슬픈 역사를 가진 나라다. 영국이 아일랜드를 점령한 뒤에 북쪽, 얼스터 지방의 토지를 몰수해서 영국 귀족들에게 나누어 주었다고 한다. 그 후로 지금까지 북 아일랜드인 이곳은 1949년에 독립된 아일랜드 공화국(공식 명칭은 '에이레')에서도 분리되어 있다. 내전까지 치르며 맞이한 독립이지만, 북 아일랜드 주민들은 영국으로 남기를 희망했다고 한다. 아직도 아일랜드는 온전치 못한 독립을 아쉬워하고 있다.

그 나라 음악 중, 학창 시절에 배워서 우리에게도 알려진 〈아, 목동아(Oh, Dany Boy)〉라는 곡을 떠올린다. 돌아오지 않는 아들을 기다리는 어머니의 마음을 표현한 노래다. 아일랜드의 역사를 알고 나서 바이올린 연주로 접하니, 이 곡이 얼마나 애절하게 가슴으로 스며드는지….

음악뿐만이 아니다. 아일랜드에서는 아이들이 걸음마를 시작하면 '지그(Gigue)'를 가르치기 시작한다고 한다. 그것은 격렬한 2박자의 전통 민속춤이다. 아일랜드에서 아메리카 대륙으로 건너온 사람들 역시 전통에 따라 이 춤을 추었고, 흑인들이 따라 추면서 발전된 것이 탭 댄스(Tap dance)라고. 그런데 온몸이 자연스레 움직이는 탭 댄스와는 다른 아일랜드 민속춤 특징이 있다. 아일랜드 전통 북소리 속에 남녀 수십 명이 상체를 꼿꼿이 세우고 움직임이 적다. 그러나 다리는 힘차게 올리고, 뛰기도 하며 발바닥을 부딪쳐 소리를 낸다. 많은 사람이 한 사람처럼 절도 있게 움직인다. 엄청나게 빠른 발동작으로 전 세계인의 박수갈채를 받는, 아일랜드의 상징이기도 하다.

가슴을 내밀고 도도하게 정면을 바라보며 추는 군무에서 그들의 심정을 헤아려 본다. 아직도 이어지고 있는 완전한 합체가 이루어진 독립을 향한 의지가 비장하게 느껴진다면 억측일까. '따다닥 따다닥, 딱딱.' 바닥을 칠 때마다 들리는 그 소리. 그것은 힘차게 달리며 나아가는 말의 발자국 소리처럼 가슴을 묘한 울림으로 두드린다.

그들의 음악을 들으며 〈아리랑〉을 떠올리고, 그들의 춤을 보면서는 〈강강수월래〉를 그려 본다. 해마다 런던 한복판에서 아일랜드인들이 도전장 내밀 듯, 힘차게 추는 침묵의 춤은 온전한 독립이 이루어지는 날까지 내내 이어지지 않을는지. 그 속에서 내 조국과 많이 닮아 있는 끈질긴 저항과 확신, 기다림의 힘을 읽는다.

살며시 떠오르는 시구(詩句)가 있다. '훨훨훨 깃을 치는 청산' 박두진 시인의 〈해〉가 귓가를 자꾸 맴돌고 있다. 3월로 시작되는 새 봄이 오는 소리는 언제나 그렇듯이 설렘과 희망의 소리로 들리리라. "해야 솟아라, 해야 솟아라, 말갛게 씻은 얼굴 고운 해야 솟아라." 나직나직 시를 읊어본다. 봄이 오는 소리는 이렇듯 우리 마음에 희망을 지피는 소리가 아닐까. 오늘 따라 그 소리가 더욱 정겹다.

그 날의 비

어제 오후부터 아침까지 계속 내린 비 때문일까. 하늘이 더욱 푸르고, 바람이 차갑게 감나무 잎을 스치고 지나간다. 여윈 낙숫물 소리가 가끔 그 사이로 들려온다. 비가 내리면 마음이 가라앉으며 까닭 모를 아련함과 함께 모락모락 김 오르는 커피 잔이 떠오르던 시절이 있었다. 우수에 젖은 낭만의 추억이라고나 할지. 비가 오면 귀찮은 게 아니라 오히려 여유로운 삶의 시간을 확보하는 행운을 얻은 듯 은근히 즐겁기까지 했다.

그런데 비에 대한 이런 감상은 이제 남아 있지 않다. 지난 7월 27일 오전, 서울에 돌연 쏟아져 내린 595mm 호우! 그 날의 비는 우면산을 헤집어 17명을 숨지게 하고 400여 명을 대피시켰으며, 인근에 살던 나를 온통 휘저어놓았기 때문이다.

나는 이비인후과에 들러 일찌감치 치료를 받고 친구들과 만나기로 되어 있었다. 창밖을 보니 비가 내리고 있었다. 모처럼 '비 오는 날의 친구들 만남'이란 생각만 해도 멋지지 않은가. 기분이 들떠서 더 분주히 서둘렀다. 거의 준비가 끝날 무렵 밖을 내다보다가 이상한 점을 발견했다. 수많은 사람들이 어느 새 무릎 위까지 차오른 빗물 속을 마치 슬로우 비디오에서처럼 서로 붙잡고 조심스레 걸음을 옮기는가 하면, 문 앞에 나와 허둥대고 있다. 즉시 현관으로 내달았다.

문을 연 순간 나는 말문이 막혔다. 누런 흙탕물이 골목을 거세게 흘러와 내 눈 앞에서 쏜살같이 오른쪽으로 향하더니 한길가의 흙탕물과 합류해 우당탕퉁탕 흘러갔다. 가방이며 신발이며 어디서 꺾였는지 모를 엄청난 나뭇가지들이 힘없이 휩쓸려 간다. 마치 황하의 물살을 보는 듯했다고 하면 지나친 말일는지. 빗물이 우리 집 현관문 앞 두 개의 계단을 올라와 마지막 하나의 계단도 이미 반쯤 차오른 상태. 조금만 더 비가 오면 이 현관문을 넘겠구나 생각하는 순간 몸이 와들와들 떨리며 와락 겁이 났다.

뒤따라온 동생 유진은 "어어!" 소리만 하는 내가 이상했던지 밖을 내다보고는 "큰일 났다!"고 외치더니,

"언니, 이거 물길 내야 하는 거 아냐? 얼마 전 텔레비전에서 봤는데, 물은 물길 따라 가는 거라고, 그걸 이용해야 한다던데. 바깥의, 이 보일러실 지붕에 뭘 씌울 만한 게 없어?"

그 때 머릿속에 섬광처럼 떠오른 건 '커튼'이었다. 난방을 해도

스며드는 겨울철 냉기를 어쩔 수 없어 이중 커튼 뒤에 비장의 무기 숨기듯 쳐 놓았었던 것을 그대로 두길 잘 했다. 갑자기 어디서 물길 낼 재료를 마련한단 말인가. 두꺼운 비닐 커튼을 가위로 마구 자르기 시작했다. 그리곤 유진이가 비를 맞아가며 보일러실 지붕 위에 올라가 그걸 씌우고 밑으로 길게 드리우자 사나운 물살이 기다렸다는 듯이 그를 바닥으로 끌리게 하며 세차게 흘러갔다. 옆집 아주머니도 우리를 보고는 김장할 때 쓰던 비닐을 찾아내서 집으로 향하는 물의 공격을 막았다.

한숨 돌리며 들어오는데 어디서 "쏴아" 물 쏟아지는 소리가 엄청나게 크게 들린다. 이건 또 뭔가? 지하로 뛰어 내려가 지하실 문을 열었다. 천장에 있는 여러 가지 배관 중 하나에서 누런 그 흙탕물 굵은 물줄기가 폭포수처럼 마구 쏟아져 내리고 있었다. 위에선 전화벨이 사이렌처럼 울린다. 친구 정연이가 "괜찮니? 지금 TV에서 봤어. 우면산이 쓸려 내려갔대! 사당역 주변이 온통 넘쳐서 물난리래!" 외치고 있다.

바깥에선 강물 같은 흙탕물이 달려들듯 흘러오고, 집안에선 그 흙탕물이 우리를 삼킬 듯 쏟아져 내리고! 흙탕물을 양동이에 받아 하수구로 받아내며 머릿속에선 생각이 빠르게 회전했다. '이렇게 하다 내가 감당을 못하면 물이 차 넘칠 테지! 물이 붇는 속도는 엄청 빨라. 어머니를 어디로 피신을 시켜드릴 수도 없어. 안팎이 몽땅 빗물이니. 지금 우리를 도와줄 사람도 없어. 내가 엄마를 업

고 저 꼭대기 다락방까지 올라갈 수밖에! 할 수 있을까? 해야 돼!'
마음을 다잡으며 후들후들 떨리는 다리로 아래층, 위층을 오르락
내리락 하였다. 하수구로 물을 쏟아버리다가는 위로 뛰어올라가
바깥 상황을 보기도 하고 다시 물을 퍼내며 초조한 시간이 흐르는
데 어느 순간 쏟아지던 물줄기가 딱 그쳤다. 바깥의 빗줄기도 멈
췄다. 동네 도로를 점령했던 흙탕물도 줄어들었다. 순간이동으로
지옥에서 간신히 탈출해 온 듯 아찔한 안도감과 함께 야릇한 불안
감이 나를 감쌌다.

　힘들고 무서웠던 시간을 팽개치고 이 집 저 집에서 사람들이
모두 밖으로 쏟아져 나왔다. 나중에 안 것이지만 물폭탄을 맞은
남부순환도로 쪽 우면산과 남태령 쪽 우면산 전원마을에서 산사
태가 난 것이었다. 흙탕물이 몰고 온 토사는 집 앞이고 길거리고
자동차 밑이고 헤아릴 수 없었다. 도로는 누런 진흙길이 되어버렸
다. 다시 내리는 빗속에서도 사람들은 우비를 입고, 우산을 쓰고,
혹은 비를 맞으며 일에 매달렸다. 새벽녘까지 포크레인과 청소차
가 진흙을 긁고 쓰레기를 치워가는 소리에 가뜩이나 예민해진 가
슴은 잠들 수 없었다. 단단한 참 진흙을 퍼내고 오물을 치우고,
물로 씻어 내렸다. 자동차 바퀴에 걸린 나뭇가지는 거두어냈지만
뻘건 토사는 떼어내기가 무척 어려웠다.

　그 후 시간은 고된 작업 속에서 지나갔다. 아침부터 달려 나와
팔을 걷어붙이고 복구에 힘쓰는 사람들 틈에서 같이 비를 맞고

땀을 흘렸다. 비 그친 뒤 햇볕이 따가운 동네 곳곳엔 침수 지역 복구를 위해 자원봉사 수백 명이 다녀가고, 군인들이 지친 얼굴로 봉사를 마치고 가곤 했다. 마치 전쟁이 끝난 뒤 덩그마니 남겨진 듯 황량하고 메마른 느낌이 들었다. 머리가 텅 빈 것 같고, 가슴에 휑하니 바람이 부는 것 같았다.

하지만 엄청난 일들을 당한 이웃의 일을 생각하면 우리는 아무 것도 아니라고 생각했다. 그 황당한 일로 슬픔을 겪은 분들의 마음을 어떻게 위로할 수 있을까! 이곳에 시집 와 60년을 사는 동안 이런 일은 평생에 처음이라며 몸을 부르르 떠시던 동네 팔십 노인의 얼굴이 떠오른다. 이 일 이후로 나도 빗방울만 떨어지면 가슴이 쿵쾅거리는 이상한 증세가 생겼다. 출근길에 우면산을 지나면서 가로수에 눈길이 갔다. 뽑혀져나간 나무들의 빈자리가 눈에 띈다. 쓰나미처럼 닥친 흙탕물과 토사를 겪고 살아남은 가로수는 겉껍질이 벗겨지고 속살을 드러내면서도 나뭇잎의 색깔을 달리하고 있다. 그들에게도 가슴이 쿵쾅거리는 증세가 생기지 않았으려나.

비는 또 내리겠지만 그 날의 비는 다시 내리지 않았으면…. 시간이 가면 희미해지는 기억 속에서 그 날의 비가 준 아픔도 조금씩 사라져 가기를. 바람을 타고 가볍게 떨어지는 나뭇잎처럼.

나, 다니엘 블레이크

석고처럼 굳어버린 마음에 슬픔이 서서히 밀려들었다. 영화 〈나, 다니엘 블레이크〉를 보면서 마치 내가 겪는 것처럼 답답하고 분노가 시나브로 차오른다. 켄 로치 감독의 이 영화 주인공은 매우 평범한 59세 남자, 다니엘 블레이크이다. 그는 평생을 성실한 노동자이며 납세자로 살아온 사람이다. 일을 하다가 심장 쇼크로 쓰러진다. 일하기 힘든 상황이라 국가에 질병 수당을 신청한다. 그의 분통터지는 생활이 시작된다. 주치의는 재발을 우려해서 당분간 일을 하지 말라고 하고, 정부는 심사 결과가 15점 이상이어야 하는데 12점이라며 거절한다. 멀쩡한 팔 다리로 지금이라도 구직활동을 하라면서.

항고를 하려 해도 일단 실업 수당을 받아야 하는데, 그러기 위해서는 여기저기 다니며 구직 활동을 한 증거를 제출해야 한다.

전문의가 휴식을 권하지만 일을 구해야만 질병 수당 자격 재심을 신청할 수 있다. 전화로 신청하려 해도 통화하기란 그야말로 하늘의 별 따기이다. 두 시간이 넘도록 연결 대기음을 들으며 끈기 있게 기다려야 한다. 감정 없이 반복되는 기계음의 반복. 누구나 그 상황이라면 전화기를 집어 던질 만하다. 냉랭하기 짝이 없는 관공서에선 컴퓨터를 다룰 줄 몰라 아무 짝에도 쓸모없는 사람 취급을 당한다.

이는 영화 배경인 영국으로 가야만 존재하는 특수 상황이 아니다. 자신이 누려야 할, 당연한 권리를 찾기 위해 관공서를 헤매는 다니엘의 상황이 우리와는 다르다고 과연 누가 말할 수 있을 것인가. 우리 주변에서도 비슷한 일은 일어나고 있지 않을까 의구심이 든다.

이 영화에서 특별히 극적인 사건 전개는 없지만 눈을 떼지 못하고 빠져드는 이유는 무엇일까? 우리의 삶과 다를 바 없는, 언제든지 닥칠 수 있는 현실상황 때문이다. 평범한 주인공의 일상을 따라가는 동안 나도 모르게 가슴 졸인다. 자연스러운 일상 속에 자행되는 부조리를 느끼게 하기에 더욱 진실하게 가슴에 와 닿는 것은 아닐까. 장면마다 그가 묵묵히 자기 일을 성실하게 하며 살아온 시민임을 보여 준다. 그는 구걸을 하지도, 남의 것을 빼앗지도 않는다. 그는 오히려 남보다 더 건강한 마음을 지닌, 우리 주변에 흔한 소시민이다. 그러기에 그에게 덮친 상황은 더욱 큰 상처로 부각된다.

그 경황없는 상황에서도 다니엘은 자신보다 더 어려운, 우연히 알게 된 이웃에게 온정의 손길을 내민다. 국가로부터 보조금을 받지 못해 극도의 빈곤 상태에 놓인 싱글맘 케이티를 돕는다. 그녀는 낯선 곳에 이사 와서 전기료를 못 내고 촛불로 견디는 두 아이의 엄마이다. 다니엘은 엉성한 집 구석구석을 손보아 주기도 하고, 아이들에게 장난감도 만들어 주기도 한다. 넉넉지 않은 자신의 생활비에서 조금이나마 그녀에게 나누어 주기도 하고, 구직 활동을 하는 케이티를 도와 아이들을 돌보기도 한다. 자신도 울고 싶을 만큼 속상한 현실이지만, 그는 자기보다 더 불편하고 당황하며 사는 이웃에게 손을 내밀어 온기를 나누어 준다.

케이티가 집을 손보아 준 다니엘에게 자기 몫의 그 적은 저녁밥을 대접하고 시든 풋사과를 베어 물 때 코끝이 찡하다. 그녀가 너무 배가 고파서 지원용 통조림을 따서 허겁지겁 쓸어 넣듯이 먹을 때 오히려 내가 그녀에게 부끄러울 지경이다. 신발 밑창이 떨어져서 놀림 받는 딸아이에게 걱정 말라고 하지만 정작 대책이 없다. 또 생리대를 살 돈이 없어 몰래 훔쳐 가방에 넣고 나오다 걸리는 장면에서는 좌절감마저 느끼게 된다. 그 후 거리의 여인이 된 케이티를 찾아가서 마음을 돌리려고 애쓰는 다니엘. 어떻게든지 도우려 했던 그가 쓸쓸히 발길을 돌리며 무엇을 생각했을지….
비록 케이티가 다니엘의 말대로 살지는 않지만 그들 사이에 흐르는 인간적인 공감의 빛이 아름답다. 가난의 늪에 서서도, 산다는 가치의 의미 확대가 손에 잡힐 듯 그려지고 있다.

복잡 미묘한 그들의 눈빛을 읽으며, 사람이 사람답게 산다는 게 무엇일까 문득 떠올렸다. 물론 모든 사람이 어렵다고 다 케이 티처럼 살지는 않는다. 그러나 자신의 의지와는 상관없이 거대하게 돌아가는 잔인한 톱니바퀴 같은 사회 일각에서 약자인 개인은 저항조차 할 수 없게 무력해질 수도 있지 않을까. 그렇게 선택할 수밖에 없는 인간의 밑바닥 심정이 한없이 가슴을 아리게 한다.

영화 전편에 무심한 듯 세세히 드러나는 고단한 삶. 그 속에서 그러기에 더욱 바람처럼 스쳐가더라도 온기 있는 마음의 쉼이 참 소중하다. 극한상황에서도 사람이 사람을 돕는, 선함이 타인에게 얼마나 큰 위안이 되는지. 다니엘과 케이티가 겪는 부당한 현실과, 그것을 참고 견디어내는 모습에서 관객이 모멸감과 수치심을 함께 공감한다면 이 영화는 충분히 가치 있는 것이리라.

인간이라면 누구나 다른 사람으로부터 수치심과 모욕감을 느끼지 않아야 한다. 그것은 다른 사람들로부터 받아서는 안 되는 정신적 혹사이다. 영화 속에서는 가난한 이들을 위해 만든 복지 제도가 거꾸로 가난한 사람들에게 수치심을 느끼게 하고 있다. 이러한 정신적인 체벌이 본능적인 아픔을 아무렇지도 않게 예사로 자행하는 사회, 이는 복지 제도의 모순이 아니겠는가.

영화를 보는 내내 울먹거림을 참아야만 했다. 다니엘은 구직

센터에서 더 이상 참을 수 없는 굴욕감을 느낀다. 그가 말없이 나와 그 건물 벽에 검은 스프레이로 글씨를 쓰는 극적인 장면에서 나는 눈물이 흐르고 말았다.

"나, 다니엘 블레이크, 굶어 죽기 전에 항고 날짜를 잡아주길 요구한다. 그리고 그 구린, 통화 연결음도 바꿔!"

그 순간 나는 과연 내가 살고 있는 이 사회에서 삶의 사각지대에 놓인 이웃을 얼마나 알고 있는지 반문하고 있었다. 좋다고 만들어 놓은 제도이지만 그것이 얼마만큼 완벽할 수 있으리. 〈나, 다니엘 블레이크〉는 결국 '나는 인간이다.'라는 당당한 선언임을! 결국 다시 심장 쇼크가 와서 변호사의 도움을 받기 직전에 그는 끝내 사망한다. 가장 본질적인 것이 꺾이는 안타까운 삶의 주인공이 되고 만다. 한없이 적막이 흐르는 죽음을 통해 우리는 무엇을 생각해야 할까?

'천려일득(千慮一得)'이라는 말을 곰곰 생각해 본다. 천 번을 생각하면 한 번 얻는 것이 있다는 말이다. 아무리 좋은 생각도, 좋은 정책도 상황을 고려하여 돌아보아야 하리. 제도이기 이전에 우리와 같이 숨 쉬는 마음 따스한 인간이 대상이라는 점을 소홀히 해서는 안 될 것이다. 여러 번 확인하는 것과 융통성 있는 제도 진화가 필요하지 않을까. 사람으로서 존중받을 수 있는 최소한의 배려가 존재하는 사회를 꿈꾸며, 영화관을 나서는 발걸음이 무겁기만 하다.

남대문시장, 그곳에는

나는 요즘도 시간 날 때면 가끔 시장에 가곤 한다. 서울에서 태어나 자란 나는 남들처럼 살뜰한 고향의 맛을 느낄 만한 곳이 별로 없다. 그런데 남대문시장에 가면 사람 사는 냄새가 풀풀 난다. 꼬불꼬불 여러 갈래 골목길을 찾아 걷다 보면 마치 어린 시절로 돌아가는 듯 즐거워진다. 많은 세월이 흘렀음에도 여전히 바뀌지 않은 전통시장 모습이 남아있어 반갑다. 좌판에 차려놓은 먹을거리들부터 빼곡하게 쌓인 엄청난 물건들, 흥정하는 손님과 상인, 오가는 지폐와 거스름돈, 거기에 더해지는 정(情)이 마음을 생기로 채운다.

어머니께 필요한 옷들을 어느 때부터인가 백화점에서 사는 게 쉽지 않았다. 그래도 거동하실 때에는 맞춰 드리거나, 백화점에서 사곤 하였는데, 활동이 어려워지시니 자연히 실내복 위주로 사게 되었다. 더 건강이 악화되신 후에는 누워 계신데 필요한 잠 옷들을 여러 벌 사야 했다. 몇 번 사다 보니 노인들이 편안하게 입으실 수 있는 옷들은 백화점이 아닌 시장에 많다는 걸 알았다. 특히 주택에서 부모님을 모셔본 사람은 안다. 부모님께 필요한 두툼하고 따뜻한 내복을 사려면 시장으로 가야 한다는 것을.

600년 역사의 시장이라는 명성에 걸맞게 서울 남대문시장에는 없는 게 없을 정도로 모든 게 넘친다. 없는 것만 빼고는 다 있다는 그곳은 만물상이다. 요즘은 외국인들이 찾아오는 가게들도 많아 줄을 길게 서서 기다리는 진풍경도 쉽게 볼 수 있다. 발품을 팔아 공을 들이면 좋은 물건을 얼마든지 고를 수 있어 늘 생기발랄한 곳이다.

낯선 이에게는 깜짝 놀랄 만큼 많은 상품과 거대한 인파가 있어서 신기하다고 한다. 친숙한 이에게는 손님의 필요를 귀 담아 듣고, 꼭 맞는 물건을 찾아주는 상인의 손길이 믿음직한 곳이다. 그러니 온갖 물건이 모였다가 흩어지는 만큼 다양한 거래와 즐거움과 희망이 생겨나는 화수분이라 할 수 있지 않은가.

그곳에는 내가 단골로 가는 가게들이 있다. 잠옷 가게 주인은 새초롬한 여인이다. 자그마한 체구에 손님에게는 데면데면하며 한 푼도 깎아주는 법이 없다. 그래도 나는 그 집 물건이 좋아서 그 많은 가게 중 그곳으로만 다녔다. 하루는 잠옷을 사고 값을 치르려는데 저번에도 사가지 않았느냐고 묻는다. 한 계절 옷을 또 사니 궁금한 모양이다. 엄마 잠옷을 사는 것이라 하니, 편찮으시다가 돌아가신 자기 엄마가 생각난다며 값을 깎아 준다. 나는 그럴 것 없다고 사양했지만 부득부득 거스름돈을 더 쥐어준다. 아니, 그 깍쟁이 여인이 웬일인가! 놀라서 쳐다보니 살짝 올라간 그녀의 눈꼬리가 웃고 있다. 얼마 안 되는 액수지만 스스로 마음을 열어 보인 그녀 덕분에 나도, 그녀도 좋은 하루를 선물로 받았다. 그 후, 만나면 진심으로 안부를 묻고 반가워하는 사이가 되었다.

그곳에는 내가 늘 가는 안경점도 있다. 할아버지 사장님이 안경을 어찌나 자상하게 잘 살피고 골라주시는지 최고였다. 이름도 '제일 안경'이다. 얼마 후에 사장님 연세가 많으시니 아들이 물려받았다. 고수이신 전 사장님에 비하면 젊은 아들 사장님은 아직 멀었다. 그래도 전문가인 안경사와 함께 꼼꼼하게 안경을 관리해 주어 믿음이 가기 시작하였다. 지금은 안경사 아저씨를 독립시켜 드리고 혼자 하지만 그 아버지의 아들답게 잘 해내고 있다. 안경알이 빠져서 갔더니 그는 며칠 걸린다고 두고 가라 한다. 이틀 후에 안경 없이 불편할 나를 위해 부랴부랴 보내온 택배를 받았다. 나는 이것을 풀다가 멈칫하였다. 비용을 아끼느라 그랬을까, 시간을 벌려고 그랬을까. 박카스 상자를 잘라 안경집에 꼭 맞게 만든 포장을 발견했기에. 무료로 안경알을 다시 제작해 보내주기까지 했음을 알고는 감동을 받았다. 거기에는 손님과 안경에 대한 알뜰한 정성이 고스란히 배어있었다.

한번은 5월 9일 날 나갔다가 깜짝 놀란 적이 있다. 지하철 입구부터 상가는 물론이고 시장거리에 연세 지긋한 아주머니들이 삼삼오오 떼를 지어 다닌다. 무슨 일인가 했는데, 옆에서 옷을 고르던 분이 친구에게 하는 말이 들린다. "어제 애들 왔지?" "그럼, 밥 잘 먹고 갔어. 애들이 현금을 좀 주어서 너한테 전화한 거야. 너도 그렇지?" 고개를 끄덕이는 모습을 보고 궁금증이 풀린다. 알뜰살뜰 사는 우리네 어머니들은 자녀들이 벌어서 드린 돈은 함부로 쓰지 못한다. 그런데 어버이날 받은 작은 푼돈만큼은 모처럼 친구를 만나 칼국수나 팥죽 한 그릇 나누는데 쓰기도 한다는 것을 비로소 알게 되었다.

홀로 사는 이가 먹던 밥을 싸 달라고 하면, 돌아서서 김이 모락모락 나는 갓 지은 밥 한 주걱 얼른 더 얹어 싸 주는 밥집 인정이 가슴 뭉클하다. 이천 원짜리 대추차 한 잔 드시고, 만 원짜리 바지 하나 신중히 고르는 초로의 여인들. 그 북적거리는 사람들 속에서 온기를 느끼시는 것은 아닐지. 그 가격으로 이렇듯 풍성한 행복감을 어디서 또 느끼랴. 해 지기 전에 가족들 밥상 챙기려고 돌아가는, 쓸쓸한 어머님들의 안식처가 되어주는 남대문시장. 소소하지만 확실하게 웃게 하니 충분히 매력 있지 않은가!

온갖 생명을 키워내는 강처럼 남대문시장에는 서민들을 향한 생명력이 흐르고 있다. 햇볕이 내리붓는 오후, 시장 길이 오직 살

고자 하는 의지와 열정으로 더욱 뜨겁게 달구어지고 있다. 나는
채소가게로 가는 도중에 외국관광객이 줄지어 선 건어물 가게 앞
을 지난다. 구멍가게 같은 소점포에서 점원이 확성기를 들고 쉰
목소리로 외치고 있다. 나는 알아들을 수가 없다. 일본어에 중국
어, 또 어느 나라 말인지도 모를 언어가 분수처럼 뿌려지고 있다.
남대문시장, 그곳에는 사람들의 따뜻한 체온이 있다. 사람들을
보듬어 안고 살맛나게 하는, 신통방통한 묘약이 흐르는가 보다.

05

마
법
의
성

∽

많은 일들이 우리를 기다렸고,
수많은 상처를 남기기도 했다. 그러나
매일 아침 만나는 나의 마법의 성엔 여전히 불이 밝고,
그곳의 기둥엔 나무가 여전히 푸르게 자라고 있다.
어느덧 내 마음의 어두운 그림자는
저만큼 물러나 있다.
오늘도 나는 그 초록빛으로 생기발랄하게
세상을 향해 나아간다.

∽

봄을 앓으며

집 앞 골목길은 동네 아이들이 떠들며 쿵쿵거리며 뛰어다니는 소리로 들썩거렸습니다. 담벼락에 비치는 햇살 사이로 아지랑이 피어오르는 걸 지켜보기도 해요. 그런 나를 보시고 어른들은, "얼굴에 노란 꽃이 핀 걸 보니 봄인가 보다!" 하셨습니다. 아이들이 하나 둘 집으로 돌아가고, 행인의 발자국 소리도 멀어져 갑니다. 허약했던 나는 집안에서 책을 읽거나 그림을 그리면서 겨울을 났습니다. 겨우내 적막감마저 감돌던 그곳에 조금은 나른하고 졸음이라도 올 듯 야릇한 기운이 감돌기도 했습니다. 다시 날이 밝으면 아이들 이름 부르는 소리가 이곳저곳에서 들렸지요. '삐악삐악' 노란 병아리 소리가 담 너머로 날아들면서 봄은 그렇게 익어 갔습니다.

그럴 즈음 아이들이 밤잠 설치며 기다리던 봄 소풍이 찾아옵니다. 초등학교 1학년 때 소풍은 '원족'이라고 해서 멀리까지 걸어갔던 기억이 아슴푸레 떠오릅니다. 지명도 생각이 안 나요. 한복을 입으신 어머님들이 김밥 든 찬합을 챙겨들고 따라오셨지요. 가끔 우람한 나무 밑에서 붉고 노란 버섯들이 꽃처럼 예쁜 웃음으로 우리들을 손짓하기도 합니다. 걸음을 멈추고 버섯을 향해 손을 뻗치려 하면 어떻게 아셨는지 담임 선생님께서 화들짝 놀라 뛰어오며 소리치셨습니다.

"그건 먹으면 안 돼! 독버섯이야. 독이 있어서 먹으면 큰일 난단다, 나쁜 독이 있는 것일수록 예쁘게 치장하고 사람들을 끄는 거란다."

선생님과 어머니 손에 이끌려가면서, 아이들은 저렇게 예쁜 것에 독이 있다니 도무지 이해할 수 없어서 자꾸만 뒤를 돌아보았습니다.

평소에는 가지 못하던 숲 속에서는 나무들이 모여서 우리를 기다렸습니다. 그곳에서 둥그렇게 앉아 함께 먹는 김밥은 왜 그리도 맛있는지요! 친구랑 나눠 먹고 남은, 구운 오징어랑 삶은 달걀은 고이 소풍가방 속에 넣습니다. 언니의 소풍을 심술부리며 따라가려 했던 동생 몫으로 챙기는 겁니다. 다시 걸어서 집으로 오는 동안 가방에서 출렁거린 달걀은 정말 고약한 냄새를 풍기며 찌그러진 얼굴이 되어 있었지만요. 언니가 남겨올 먹을거리를 기대했던 동생 얼굴이 어찌 되었을지 회상하면 저절로 함박웃음이 나옵니다.

빙 둘러앉아 수건돌리기를 하면서 가슴 졸이는 시간도 있었어요. 그렇게 눈을 크게 뜨고 보았건만 제 뒤에 친구가 손수건을 살포시 놓는 것도 몰랐어요. 맞은 편 친구가 눈짓으로 알려 주어 벌떡 일어나 겅중겅중 뛰었지만 그 애를 잡는 건 무리였어요. 내 뛰는 모습에 친구들이 손뼉 치며 웃어댔으니 즐거운 소풍이긴 하지요.

덤불 속을 더듬어보거나 나뭇잎을 들추기도 하면서 보물찾기를 하다 보면 어느새 돌아갈 시간이 되었습니다. 심혈을 기울였건만 연필 한 자루조차 못 탄 아쉬움도 잠깐이에요. 학급별로 선생님과 아이들은 앉고, 학부모님들은 뒤에 방풍림처럼 죽 둘러서서 찰칵 사진 한 장 찍으면, 소풍 행사는 끝이었으니까요.

'김치' 하면서 사진 찍을 줄도 모르던 시절 이야기입니다. 웃지도 못하고 긴장된 얼굴로 모두 한 곳을 응시하고 있는, 절대적이던 그 순간. 정지된 역사가 고스란히 박혀 있습니다. 그 한 장의 사진은 수십 년의 세월이 지나서 점차 바래갑니다. 하지만 보면 볼수록 이 사진은 소중한 기억들을 끌어내어 마음의 원족을 떠나게 합니다.

아주 많은 시간이 흘러 오늘 다시 가는 봄 소풍엔 독버섯도, 수건돌리기도, 보물찾기도 중요하지 않습니다. 예전에는 독버섯에 가려 보이지도 않던 아름드리나무들, 대견함을 담은 눈길로 쓰다듬어 봅니다. 가없이 올라간 듯 키 큰 나뭇가지에는 잔잔한 초록 생명들이 한껏 흔들립니다. 그 끝에는 계절을 품은 하늘이 걸려 있습니다. 그 청신함을 새삼 마음에 품습니다. 벚꽃, 진달래도 여기저기 피어서 봄을 그려내고 있습니다. 무엇보다 버드나무 가지에 연둣빛 애기 싹이 올라와서, 가장 먼저 봄의 전령사로 봄바람에 맞춰 한들한들 춤추는 것도 감지할 수 있어요. 전에는 보이지 않던 이런 봄의 풍경이, 이제는 아파서 눈물 흘리고 난 뒤 선명히 보게 되는 세상처럼 새싹 하나 하나, 꽃잎 한 잎 한 잎, 내 눈에 들어와 가슴을 밝힙니다.

"아니, 언제 감나무에 싹이 나왔나!"

느림보 감나무의 새 잎이 움트길 기다리다 지쳐서 다 져가는 목련을 봤더니만, 며칠 새 보란 듯이 파릇파릇 감나무에 잎이 돋아있습니다. 가지마다 생명의 기운이 넘쳐나고 있던 걸요. 어렸을 땐 봄이면 잘 먹지 않아 노란 꽃이 핀다는 소리를 들었는데, 지금은 내 마음에 노란 봄꽃이 피어나고 있습니다.

"추위가 한차례 뼈에 사무치지 않는다면 어찌 코를 찌르는 매화 향기를 얻을 수 있으리오." 황벽 희운 선사의 매화시가 떠오릅니다. 고단했던 인생 한 굽이를 돌아서 온 요즘, 하루가 다르게 번져 가는 생명의 기운을 좇다보면 사는 일이 힘들어도 "뭐, 그럴 수도 있지!" 이렇게 넘기게 됩니다. 이 나이에는 그것이 그렇게 어렵지만은 않네요. 감사한 일입니다. 비록 아이들 뛰어다니는 울림도

들리지 않는 봄날이지만, 이 마음에 삐악거리는 노란 병아리 소리 닮은 꽃이 피어나고 있음을 알기 때문입니다. 나는 진정 아름다운 봄을 앓고 있나 봅니다.

별미

　나는 올해도 어김없이 동훈 엄마의 별미(別味) 음식을 맛보았다. 어머니를 모시고 함께 사는 덕을 톡톡히 본다고나 할까. 매년 6월 경에 이어지는 연중행사이다. 차츰 더워지기 시작할 때 벌어지는 이 향연은 내 메마른 영혼을 촉촉이 적셔 주곤 한다.

　동훈 엄마는 막냇동생의 오랜 지인으로 한창 자식들을 키울 때 동생과 한 집 아래층, 위층에서 언니 동생하며 살았다. 두 집 똑같이 큰애는 딸, 둘째는 아들을 두어 아이들끼리도 엄마들처럼 호형호제하였다.

　"어려울 땐 서로 돕고 살아야 해. 살다 보면 누구나 어려울 수 있어. 많아서 돕는 게 아냐. 조금이지만 나눔으로써 그 살뜰함으로 마음 따뜻하게 사는 거지!"

　동생은 이렇게 말하곤 했는데, 그래서인지 두 집 식구들은 서로 챙겨주며 활기차게 지냈다.

네 명의 아이들은 나무 그늘 아래 개미들의 행렬을 구경하기도 하고, 딱지치기, 소꿉놀이도 하였다. 아이들의 웃음소리가 낮은 담장 밖으로 울려 퍼졌다. 어느 한 집에라도 친정어머니께서 오셨다 하면 나머지 한 집에선 따끈한 부침개 한 접시나, 김밥 한 접시라도 꼭 정성껏 마련해서 오르내렸다. 위층에 살던 동훈 엄마가 아파트를 마련해 나간 후에도 두 가족은 변함없이 각별히 지냈다.

살면서 만나게 되는 그 많은 사람들 중에서 이렇게 식구들끼리도 서로 척척 짝까지 맞추어가며 오랫동안 친하게 지낼 수 있는 경우란 흔하지 않을 것이다. 처음에 만났을 때는 호기심과 기대감으로 멋지게 보이던 사람도 시간이 가면 아니다 싶어 실망할 때도 더러 있지 않은가.

동훈 엄마가 별미 보따리를 들고 끙끙대며 우리 집에 처음 등장한 것은 6년 전이었다. 막냇동생네가 미국으로 간 그 해, 처음 맞이한 동생 생일에 그녀가 음식을 장만해 왔다. 성게 미역국으로 시작한 이 일에 우리 가족은 적지 않은 감동을 받았다. 주인공은 없으나 동생을 낳느라 고생하신 어머니께 미역국을 대접하고 싶다고 말하는 모습이라니…. 그리고 해마다 오겠노라고 하는 게 아닌가. 그 당시는 인사치레로 그러려니 했다. 그저 그 한 번만으로도 우리 마음은 감동의 물결로 그득했다.

그런데 그녀는 정말 그 다음 해에도, 또 그 다음 해에도 어김없이 나타났다. 요리를 배워 실습 삼아 해 오는 거라는데 그 종류가 평범하지 않고 맛 또한 훌륭했다. 때가 되면 은근히 기다려지기까지 했다. 이름을 알 수도 없는 새로운 요리가 많았다. 두부나 버섯, 백년초 샐러드같이 몸에 좋다는 재료를 써서 맛있게, 모양도 좋게 해 왔다. 음식을 싸 와서는 낮에 혼자 계신 어머니와 점심을, 때로는 차를 마시고 맛나게 이야기도 하고 간다.

"언니, 바쁘시지요? 재원 엄마 생각나서 왔다 가요. 반찬 몇 가지를 해서 냉장고에 넣어 두었어요. 맛은 없어도 정성으로 드세요. 미역국은 고기 싫어하는 언니 생각해서 미역을 참기름에 볶다가 끓였으니 따끈하게 데워 드시구요, 삼각김밥은 제가 각별히 신경 써서 만든 것이니 재미있게 드세요. 양념장은 따로 해두었으니 버섯덮밥에 비벼 드시도록 하세요…."

퇴근해서 오면 맛있게 먹으라고 탁자 위에 있던 종이에 빼곡히 써서 남긴 메모 한 장까지.

이렇게 햇수를 거듭하면서 언제부턴가 우리 식구의 마음속엔 '별미'라는 단어가 자리 잡았다. 별미란 무엇인가? 사전적 의미로는 '특별히 좋은 맛, 또는 그런 음식' 아니던가. 설혹 음식 맛이 없더라도 맛있게 먹었을 텐데 정성의 맛까지 합쳐져서 그야말로 별미인 것을. 올해 여든일곱이신 어머니께서 더위에 기운 떨어지시면 안 된다고 장어구이를, 고깃국을 안 먹는 나를 위해서는 조개 미역국. 상추, 그리고 맛깔스런 양념장에 후식으로 다래, 체리까지 아주 생일상을 한 상 마련해 왔다. 어머니께선 애들하고 살기도 힘든데 이제 그만 하라며 미안해하셨고, 동훈 엄마는 일 년에 한 번 이 정도도 못하느냐며 내년을 기약하고 갔다고 한다.

동훈 엄마는 남편과 자식 뒷바라지하랴 시댁과 친정을 오가며 양가 부모 돌보아 드리랴 아주 바쁘게 산다. 그런가 하면 틈틈이 절에 가서 마음공부를 하고, 공양간 봉사도 마다 않는다. 그녀의 마음속 화두는 늘 아들, 동훈이다. 세상의 잣대로 보면 한참 성이 차지 않는 아들. 그 애 생각을 하면 걱정이 되고, 화가 치민다고. 남들에게는 다 내려놓았다 하면서도 마음으로는 그렇지 못했다. 그럴 때면 절을 찾아가 마음을 비울 때까지 이것저것 한다고.

나는 이 작은 여인의 큰마음을 오롯이 들여다보며 참 많은 걸 배운다. 아는 것을 아는 데서 그치는 사람이 많은 반면에 그녀는 정말 조금 가진 것을 많이 나누고 사는구나 싶다. 해마다 한결같은 정성으로 찾아오는 그 색다른 맛은 나의 무디어진 삶을 두드려 깨운다. 소소한 일상의 틈새로 찾아든 그 맛의 두드림에서 내가 어느덧 인생의 별미를 느낀다면 그것은 지나친 말일까.

그녀가 내년에는 또 어떤 음식을 해서 "어머니, 저 왔어요!" 큰 소리로 인사하며 우리 집에 들어설지 설레는 마음으로 기대를 하고 있다. 일상에 지쳐버린 삭막한 내 영혼을 촉촉이 적셔 줄 그 별미를 향해 나는 벌써부터 고개를 내밀고 있다. 너무나 염치없게도….

마법의 성

아침마다 나를 유혹하는 곳이 있다. 그곳에 누가 살고 있는지 나는 전혀 알지 못한다. 집에서 나와 까치고개를 넘기 직전에 오른쪽으로 높이 솟아있는 건물. 바로 그 곳이 매혹적인 내 마법의 성이다.

그 날 출근길엔 왠지 울적하였다. 지하철공사 담에서는 개나리가 화사하게 웃고, 그 밑 화단에선 새싹이 파릇파릇 화답하고 있었다. 연푸른 잎새들이 청아한 아름다움을 뽐내는 계절이 왔음에도 불구하고 여느 때처럼 가슴이 설레지 않았다. '세상이 이렇게 화사한 꽃 잔치를 벌이는데 꽃을 좋아하는 내가 이토록 무덤덤하다니. 이거 나도 갱년기 우울증 아냐!' 이런 생각을 하다가 차가 막혀 오르막길에서 멈춰 서게 되었다. 마치 신호등이 바뀌기를 기다릴 때처럼 앞 차의 꽁무니만 보고 있다가 무심코 고개를 오른쪽으로 돌렸다. 순간 도로 옆의 한 건물 주차장이 눈에 들어왔다.

주차장이 아니라 엄밀히 말한다면 그곳의 기둥. 더 엄밀히 말하면 그 기둥의 그림이다.

부지런한 누군가가 그랬을까. 출입구가 열려 있다. 불 켜진 내부가 환한 반 지하 주차장. 전면에 기둥이 하나 있고, 그 기둥 중앙에 수채화 한 점이 걸려 있는 게 보였다. 아하, 신선한 발상이었다. 평범한 고동색 그림틀 안에는 진입하는 차량을 맞이할 수채화가 걸려 있다. 얼핏 보아도 녹음이 우거진 여름날 풍경이었다. 초등학교의 복도에서 흔히 있음직한 그림이다. 그런데 그 초록빛깔의 선명하고 아름다운 강렬함이라니!

그 날, 나는 가던 길을 멈추지 않았다. 늘 쫓기는 출근 시간대라서 그럴 수도 없었다. 하루 종일 까맣게 잊혀졌다가 다음날 출근하면서 그곳을 지나갈 때 내 눈은 어느덧 주차장의 그림을 보고 있었다. 그 일은 그 후 출근하며 매일 반복되었다. 어떤 날은 교통 소통이 원활해서 기다리는 일 없이 지나갈 때면 그림의 초록빛도 한 뼘만큼 뒤에서 나를 따라오는 듯했다.

이른 아침에 그곳을 지나갈 때도 있다. 흘깃 고개 돌려보면 어김없이 환히 불 밝힌 주차장. 아침에 저 곳에 차를 두려고 들어갔다가 그림을 보게 되는 사람들 기분이 어떨까 생각해본다. 입가에 웃음이 슬며시 떠오른다. 그림 속의 나무들이 생기를 띠고 나에게 다가온다. 그런 날은 내 얼굴의 주름살도 하나 둘 펴지는 듯했다. 그러면서 누가 그림을 저곳에 걸었을까 궁금해졌다. 어쩌면 그냥 그곳에 어느 때부턴가 있었을지도 모르겠다. 그러고 보니 주차장이 있는 그 건물 주변은 언제나 깔끔했다. 누군가의 고마운 마음이 있었을 거라는 생각을 하게 되었다.

세상의 그 많고 많은 건물엔 지하 주차장이 얼마나 많은가? 그중에 다시 가고 싶은 곳은 또 얼마나 될지. 그곳에 차를 대지 않으면서 이렇듯 생각하게 되는 것, 이것도 '인연' 아닐까. 누군가가 무표정한 주차장에 그림을 걸어 둘 마음을 먹고 실행에 옮겼기에 이런 즐거움도 생긴 것을. 그 따뜻한 배려로 주차장에 오는 사람들 외에 나처럼 스쳐 지나가는 사람도 이렇게 푸른 마음을 갖게 되니 고마운 일이다. 이렇게 사람을 직접 만나지 않고도 그 은혜를 입게 되는 일도 있는가 보다. 꼭 만나 보아서만 일이 이루어지는 않는다는 걸, 또한 일상의 아주 작은 것이라도 우리 마음을 보듬어 웃음 짓게 할 수 있음을 새삼 느낀다.

어느새 개나리꽃은 자취를 감추고, 따가운 여름날의 무더위도 지나갔다. 태풍 곤파스가 무서운 기세로 가로수를 쓰러뜨리기도 했다. 많은 일들이 우리를 기다렸고, 수많은 상처를 남기기도 했다. 그러나 매일 아침 만나는 나의 마법의 성엔 여전히 불이 밝고, 그곳의 기둥엔 나무가 여전히 푸르게 자라고 있다. 어느덧 내 마음의 어두운 그림자는 저만큼 물러나 있다. 오늘도 나는 그 초록빛으로 생기발랄하게 세상을 향해 나아간다. 누군가의 그 고마운 마음으로 지어진 마법의 성을 가슴에 품고서.

아가씨, 연세는

"으하하하!"

어머니께서 계곡 폭포에서 떨어지는 물줄기처럼 오래간만에 시원하게 웃으신다. 그 바람에 모두 웃음을 터뜨린다. 동네 사랑방이 금세 즐거워지는 건 언제나 기분 좋은 일이다. 가위를 들고 일하던 엘르 미용실 원장님은 오늘도 배꼽을 잡고, 그곳에 매일 놀러오다시피 하신다는 앞집 할머니도, 둥글넓적 아주머니도 얼굴 가득 웃음꽃이 핀다.

그 분을 처음 뵌 건 지난 해 겨울이었다. 구석구석 햇살이 퍼지는 따스한 날이었다. 어머니를 모시고 벼르고 벼르던 미용실에 들렀다. 동네 미용실이라 한가할 줄 알고 무작정 갔는데 작은 공간에 손님이 꽤 있었다. 준비성 없음을 후회하면서 어머니 앉으실 곳을 찾느라 두리번거렸다. 마침 지팡이를 짚은 어머니 손을 덥석

잡으며 자리를 양보하는 사람이 있어서 한숨 돌렸다. 하얗고 둥글 넓적한 얼굴에 함박웃음을 띤, 초로의 여인이었다. 초승달 같은 눈썹 밑에서 웃으면 감기는 눈이 친근하게 다가왔다.

파마를 하느라 모자를 뒤집어 쓴 아줌마들은 이런저런 얘기로 기다리는 지루함을 덜고 있었다. 어머니도 이야기를 들으며 머리 다듬을 차례를 기다리셨다. 그런데 그 때, 어머니께 자리를 내 준 그 아주머니가 느닷없이 어머니께 이렇게 묻는 게 아닌가.

"아가씨, 연세는?"

좌중은 모두 눈을 휘둥그레 뜨고, 실내는 조용해졌다. 일시에 그 여인을 향했다. 여인의 눈은 어머니를 보며 웃고 있었다. 당황한 어머니는 물끄러미 나를 바라보셨다. 나도 어떻게 해야 할지 몰라 어머니와 그 분을 번갈아 보았다.

"연세가 어떻게 되세요? 기분 나쁘세요? 아가씨라고 해서요? 이렇게 뵈니 새록새록 제 어머니 생각이 나서요. 작년에 구십 연세로 돌아가셨거든요. 시간이 지날수록 더욱 생각이 나고 늘 뵙고 싶어져요. 기분 나쁘셨다면 용서하세요!"

여인은 고개까지 숙이며 어머니께 사과를 했다. 그리고 시어머니 모시고 홀로 다섯 아이를 키우며 살아온 이야기를 하는데 고생한 내용이 구구절절 이어진다. 그 고단한 삶을 이기고 잘 일궈낼 수 있었던 것은 자기 어머니의 한결같은 사랑과 지지 덕분이었다고 한다. 그러더니 자기는 살기가 바쁘다는 핑계로 이렇게 모시고 미장원에 한 번 가 본 적도 없다면서 눈물을 글썽인다.

"우리 친정어머니가 웃으며 살라고 말씀하시곤 했는데. 저도 웃으며 살고 싶은데 웃을 일이 없더라고요. 엄마 떠나신 후 참 많이 생각했어요. 그래서 맘먹었죠. 이제부터는 웃을 일이 없어도 만들면서 살자고! 어르신, 기분 나쁘셨다면 죄송해요!"

그 때, 어머니께서 환하게 웃으며 말씀하셨다.

"내 나이가 여든여덟이오. 난 괜찮수. 고생 많이 하셨구려. 아가씨! 거 정말 얼마 만에 들어보는 말인가! 아이구, 아가씨라니! 하하하!"

비로소 미용실에서 밝은 웃음소리가 터져 나왔다. 그 날 그 분은 머리단장을 끝내고 돌아갈 때 어머니께 깊이 머리 숙여 인사를 하더니 미용실 문이 닫히기 전 갑자기 고개를 돌려 말했다. 손까지 예쁘게 흔들며, "아가씨, 안녕!"이라고. 미용실은 또 한 번 웃음바다가 돼 버렸다.

그 후로 미용실에서 만날 때마다 일명 그 둥글넓적 아주머니는 어머니께 안길 듯 달려들어 손을 잡으며 인사를 드리곤 한다. "아가씨, 연세는?" 이렇게 말하며. 처음의 황당함과는 다르게 들을 때마다 언제나 신선한 느낌으로 폭소를 선사하는 게 자못 신기하기만 하다. 그러면서 우리가 일상 중에서 정말 신나게 웃는 일이 별로 없다는 것을 생각하게 되었다.

아기일 때는 하루에 삼백 번도 넘게 얼굴 근육을 움직이며 방긋 방긋 웃는다는데 커가면서 점점 그 횟수가 줄어든다고 한다. 지하철을 이용하다 보면 입을 꽉 다물고 있는 굳은 얼굴을 쉽게 마주할 수 있다. 하루 일을 마치고 컴퓨터를 끄면서 어두워진 모니터에 비친 딱딱한 표정의 내 얼굴을 보고 놀란 적도 있다. 사실상 어른들은 신바람 나게 웃고 싶어도 어디 웃을 일이 그리 많던가.

웃으면 웃을수록 웃을 일은 점점 더 많아진다는데. 특히 소리 내서 웃으면 그 소리가 뇌에 전달되어 엔도르핀 분비를 촉진시킨다니 건강에도 좋고 즐거움도 배가 된다고. '일소일소 일노일로(一笑一少 一怒一老)'라는 말도 있지 않은가. 한 번 웃으면 그만큼 더 젊어지고, 한 번 화내면 그만큼 늙는다는 말이다. 결국 웃으면 장수한다는 뜻으로 웃음을 간과해서는 아니 되리라. 10초간 웃으면, 3분간 노를 저은 것과 같고 4분간 조깅한 것과 같은 효과가 있다고 한다. '행복해서 웃는 게 아니라 웃어서 행복해진다'는 평범한 웃음의 진리를 새삼 상기하게 된다.

둥글넓적 그 여인처럼 웃을 일을 만들며 살 수 있는 것도 세월이 가르친 지혜가 아닐까. 모두에게 웃음이 전파되던 첫 만남의 순간은 언제 떠올려도 생생하다. 그리고 그 때 일을 생각하면 입가에 웃음이 감돌고 언제나 마음이 따뜻해진다. 소리 내서 웃으실 일이 별로 없던 어머니와 주변 사람들을 늘 한바탕 웃게 하는 말이 다시 들리는 듯하다. 백목련처럼 웃음 짓던 둥글넓적 아주머니의 "아가씨, 연세는?" 그 말씀이.

오미자에 마음을 담고

    집에서 전화가 왔다. 문경 오미자가 택배로 왔는데 뭐가 이리도 많은 거냐고 유진이가 놀라워한다. 어떻게 할 거냐고 다그친다. 내가 해결할 테니 염려 말라고 큰 소리를 쳤다.

    옆에 앉은 안 선생이 지난 해 담근 오미자 원액을 주어서 아끼며 먹었는데 색도 곱고, 맛도 아주 좋아 가족들이 좋아했다. 내가 그 얘기를 했더니 그거 담그기 쉬우니 한번 해 보라고 한다. 색깔 예쁘고 맛도 좋은 오미자차를 먹을 즐거운 기대에 난 드디어 결심을 했다. 그래서 안 선생님이 주문할 때 내 것도 부탁을 했던 것인데 이제야 도착했다. 설레는 마음으로 오미자 상자를 가장 시원한 다용도실에 두었다. 미처 풀어보지도 못한 채 하루가 갔다. 설탕과 용기가 준비되지 못했기 때문이다.

    난생 처음 10킬로그램 오미자상자를 대하고 유진은 "헉!" 하고 놀랐다고 한다. 나 역시 그랬지만 알아서 하라는 유진 앞에서 차마 내색조차 할 수 없었다.

다음날, 퇴근하여 만사를 제치고 마트로 향했다. 내가 담글 게 걱정이 되었던지 안 선생이 수소문하여 그곳에 오미자청 담글 큰 병이 있다는 것을 확인하고 갔던 길이다. 그런데 아무리 이리저리 살펴보아도 분명히 유리병 무리 속에는 내가 사야 할 1.8리터 유리병은 없었다. 직원에게 있다던 상품은 없고 '품절'이란 표시는 웬 거냐고 문의하니 이곳저곳에 전화를 한다. 죄송하다며 잠시 기다리면 가져다 준다고 한다. 설탕을 10킬로그램 사라고 했던 안 선생 말대로 설탕을 사고 돌아와서도 한참을 기다렸다. '내가 왜 오미자를 욕심내서 이 고생인가!' 이렇게 생각하니 열이 나기 시작했다. 얼굴이 화끈거릴 즈음 나타난 유리병은 압권이었다. 어찌나 큰지 겁이 나서 순간 포기할까도 생각했지만 집에서 기다리는 오미자를 떠올리며 꾹 참았다. 차에 싣고 가면서 기분이 점점 침울해져 갔다.

내가 준비한 설탕과 유리병을 보고 유진이는 또 한 번 "헉!" 하고 놀랐다. 나는 걱정스럽고 후회되는 마음을 나타내지도 못하고 아무렇지 않은 척 유리병을 깨끗이 닦았다. 오미자 상자를 식탁 위에 놓고 드디어 개봉 박두! 뚜껑을 여니 시큼한 냄새와 함께 비닐에 잘 포장된 오미자의 자태가 드러났다. 방금 전까지 마음속에 들끓던 후회의 마음이 일시에 사라졌다. 마치 자홍색의 머루포도 송이를 잡고 있는 듯했다. 내가 들어 올린 오미자를 보고 유진이는 또 한 번 놀랐다. 붉은 구슬이 아롱다롱 매달린 고 어여쁨이라니! 씽크대에 그릇을 놓고 물을 받아 씻어서 채반 위에 놓고 물을 빼는 일에 착수했다. 유진은 시큰둥하던 때와는 달리 "어머, 예쁘다!"를 연발하더니 급기야는 나를 제치고 오미자 관리에 들어갔다. 그렇게 해서 오미자는 그 밤으로 편안히 목욕재계하고 채반 위에서 뽀송뽀송 마르기를 기다리며 잠이 들었다.

다음날 퇴근하고 집에 돌아오니 물이 잘 빠진 오미자들이 탱글탱글한 얼굴로 날 맞이하였다. 여전히 매력적인 자태가 빛났다. 유리병에 오미자 한 켜, 설탕 한 켜, 다시 오미자와 설탕을 한 켜씩 번갈아 채워나갔다. 마지막으로 설탕을 그득 넣어 마무리하고 랩을 씌운 후 뚜껑을 꼭 닫았다. 그 큰 유리병 속에서 오미자는 커다란 줄무늬를 그리며 예쁘게 자리를 잡고 앉았다. 큰일을 해냈을 때처럼 뿌듯함이 가슴 가득 밀려왔다.

매일 퇴근하고 오면 오미자병 앞에서 문안 인사를 여쭙는다. 보면 볼수록 어여쁘다. 하루가 다르게 변한다. 어제까지 설탕이 있더니 오늘은 그것이 녹아 붉은 물이 생기기 시작한다. 다음 날엔 오미자가 쑤욱 올라와 있다. 아래쪽은 붉다 못해 검기까지 한 오미자물이 점점 영역을 넓힌다. 셋째 날엔 그 물이 넘쳐흘렀다. 왜 그럴까 궁리하다 안 선생에게 물었더니 그러다가 터지는 수도 있다고 하는 게 아닌가. 부랴부랴 뚜껑을 열고 오미자를 일부 덜

어냈다. 작은 병에 담고 참이슬 소주 한 병을 부었다. 떡 본 김에 제사 지낸다고 얼떨결에 오미자술까지 담그게 되었다. 어려운 일을 해결한 뒤의 후련함으로, 병을 젖은 행주로 깨끗이 닦으며 들여다보니 작고 귀여운 오미자들이 서로 꼭 끌어안고 있다. 마치 귀여운 나의 제자들 같다.

하나의 열매가 신맛, 단맛, 쓴맛, 짠맛, 떫은맛의 다섯 가지 맛을 낸다 하여 오미자(五味子)라는 이름이 붙여졌다고 한다. 여러 가지 효험이 있다지만 피곤할 때 차로 마시면 더할 나위 없이 좋다는 오미자. 그가 지닌 맛을 무엇에 비길까. 예쁜 구슬 같은 모양, 눈에 쏙 들어오는 자홍색, 가지에 달린 고운 자태, 걱정을 탄성으로 바꾸는 매력, 유리병 속에서 아름답게 하루하루 달라져가는 변화의 맛이 아닐지.

며칠 동안 오미자로 인해 속을 끓이고, 그것을 바라보며 기쁨을 느끼고, 문제를 해결하고, 변화하는 과정을 체험하다 보니 아이들이 생각났다. 그것은 마치 각양각색의 서로 다름을 갖고 전체로서 잘 어울리는 어린 학생들 같다는 생각이 들었다. 여름방학이 끝나고 학교로 돌아온 아이들의 부쩍 자란 모습은 입가에 웃음을 짓게 하고 힘나게 한다. 건강하고 순수하여 자신만의 색깔이 있으며 꿈을 지녔고, 하루가 다르게 커가는 변화를 내재하고 있다. 오미자병 속에서 변화가 일어나듯이 우리 아이들의 가슴속에서도 오미자처럼 붉고 예쁜 변화가 일어나기를 기대해 본다.

오늘도 나는 오미자에 마음을 담아 즐거운 손짓으로 병을 닦아 주었다. 나의 정성스러운 알현을 그들은 알아주려나. 3개월 뒤에 위로 떠오른 모든 오미자를 거둬 낼 때쯤이면 아이들도 한걸음 더 꿈을 향해 가 있을지 궁금해진다.

일 십 백 천 만

지난 8월 무더위 속에서 나는 한 통의 편지를 받았다. 캐나다로 이민 간 친구, 현남이 아버님 답장이다. 그분 인생의 좌우명과, '자식 자랑은 팔불출인가'라는 제목의 산문이 동봉된, 일전에 보내드린 책에 대한 답장을 보내셨다. 나는 마치 돌아가신 나의 아버지가 보내주신 것처럼 친근한 필체로 쓰인 편지를 겉봉까지 읽고 또 읽었다. 며칠 전에 보았던 방송 내용이 떠오르면서 잔잔한 감동이 밀려왔다.

몇 해 전에 현남이가 귀국했을 때 졸저 ≪눈 내리는 날이면≫ 한 권을 준 적이 있었다. 친구는 바쁜 일정이라서 책을 다 읽지 못하고 간 모양이다. 그것을 현남이 아버님이 읽으시고는 그 후 다시 귀국한 딸에게, "네 친구의 그 책 좋으니 꼭 읽어 보아라!"라고 당부하셨단다. 그 이야기를 현남에게 들으며 아버님께서 아흔을 바라보는 연세로 알고 있었기 때문에 뜻밖이었고, 한편으로는 글 쓰는 사람으로서 감사하다는 마음이 컸다. 그래서 독서를 즐기시는 아버님께 책을 보내드리겠다고 약속 아닌 약속을 하게 되었다. 금방이라도 보내려던 당초의 마음과는 달리 바쁘다는 핑계로 동인지 한 권 보내려던 계획은 차일피일 미루어졌다.

그러던 어느 날, 현남이 아버님께서 EBS 방송에 출연하시니 텔레비전을 시청하라는 한 동창의 연락을 받았다. 가뜩이나 자신의 게으름을 탓하며 약간의 가책을 느끼고 있었기에 기다리고 기다려서 시청하게 되었다.

방송 제목이 〈장수가족 건강의 비밀 일십백천만 실천〉이라는 프로그램이다. 분당 구미동의 아파트에서 아들 내외와 사시는 근황이 잘 그려졌다. 30년도 훨씬 지나서 화면으로 본 친구의 아버님은 세월의 흔적으로 연로한 모습이라 처음에는 마음이 아팠다. 하지만 자식들에게 부담을 주지 않으시려는 배려와 스스로에 대한 긍정적이고도 꾸준한 노력이 대단하셨다. 젊은이 못지않게 활기찬 삶을 사시는데 고개가 수그려졌고, 앞으로 '100세 시대'를 맞이한다는데 어떻게 살아야 할지 생각하는 계기가 되었다.

동창 모임에서 이야기를 전해 주었더니 이구동성으로 그 아버님은 그러실 만하다. 워낙 꼼꼼하고 성실하게 사신 분 아니냐 하는 반응이다. 몸은 의사에게, 목숨은 하늘에 맡기고, 마음은 내 스스로 다스리는 낙천적인 것이 건강 비결이요, 운동을 꾸준히 하는 것, 가리지 않고 골고루 음식을 섭취하는 것, 대자연과 더불어 즐기면서 일하는 것, '일십백천만'을 실천하며 사시는 것이 건강 비결이라고 하신다는 것을 전하니 모두 귀를 기울인다. 그리고는 '일십백천만'이 무엇이냐고 묻는다.

일(一)은 매일 좋은 일 한 가지 이상 하는 것이고, 십(十)은 매일 열 번 이상 크게 웃는 것을 뜻하며, 백(百)은 매일 백 자 이상 글을 쓰는 것이며, 천(千)은 매일 천 자 이상 글을 읽고, 만(萬)은 매일 만 보 이상 걷는 것을 말한다. 사실 이것이 새롭다거나 특별한 것이 아니게 느껴질 수도 있다. 그러나 방송을 통해 그 실천 현장을 지켜본 나로서는 친구들에게 표현하지 않은 현남이 아버님의 모습이 떠올라 그 진정성이 느껴졌다. 자연의 섭리에 순응하고 항상 유쾌하게 웃으며 즐겁게 사시려는 일관된 노력이 부각되어 온다.

현남이 아버님이 쓰신 '자식 자랑은 팔불출인가'라는 산문에는 가족사가 약술되어 있었다. 아버님 내외께서 부모님을 모시고 살다가 천수를 누리고 돌아가시자 아들 내외가 찾아와서 며느리가 함께 살기를 자청한 일, 그들을 다시 생각하라고 돌려보낸 일, 다시 찾아와 간청하여 이대(二代)가 함께 살게 된 일, 서로의 사생활을 간섭하지 않기로 약속하고 노부부가 쓰는 돈은 신경 쓰지 말라고 한 일까지 펼쳐진다. 합가한 후 여행도 하고, 자연과 더불어 잘 지냈으나 사랑하는 아내가 병에 걸린 일, 며느리가 지극정성으로 간호한 일, 아내가 영면하기까지 아들 가족이 극진하게 돌본 일 등에서 모두 합리적이면서 배려와 존중, 감사의 마음으로 연결되어 있음을 본다. 홀로 되신 후 마음을 못 잡고 미칠 듯 힘들었을 때 세세하게 마음을 써 주어 위기를 넘기게 해 준 아들 가족의 효성에 감사하다고 거듭 말씀하신다. 노년의 가장 큰 적은 '고독'인데 이를 자손들과 함께하는, 따뜻한 챙김이 있는 일상을 통해 이겨내고 계시다 한다. 풍천노씨 가문의 이런 자손들 자랑하실 만하지 않은가. "아이는 부모의 거동을 비춘 거울"이라는 말을 인용하셨는데, 아들 내외에 대한 자랑스러움과 손주들에 대한 사랑의 표현이 아니고 무엇일까.

'김희경 여사님 귀하'로 이어지는 답장은 '감사합니다.'로 시작되고 있다. 책을 보내드릴 때 나를 기억하지 못하실 듯해서 책 속지에 짤막한 글을 적어 보낸 것에 대한 답신이리라. "현남이 아버님, 안녕하세요?"로 시작해서 대학교 1학년 때 코스모스가 하늘하늘 핀 춘천에 가서 아버님께서 사 주신 막국수를 맛있게 먹고 온 일에 감사하다고 적었다. 또 텔레비전에 나오신 걸 뵈었는데 건강하셔서 감사하다는 것과 아버님 건강을 기원하며 일독을 청하는 글을 드렸었는데.

이에 하나하나 감사하다고 하시며 특히 〈어머니의 틀니〉를 읽고 눈시울이 찡하셨다고 내 글에 대한 소감을 쓰신 대목에서는 나도 코끝이 찡했다. 기억도 못하실 딸의 친구에게 별안간 받은 책을 읽고 이렇듯 구구절절 가슴을 울리는 답장을 써 주신 것을 보니, 큰 어르신이시다. 아버님께서는 오늘도 '일십백천만'을 실천하고 계실 거라는 생각이 든다.

나는 '감사합니다.'를 마음속으로 외친다. 그리고 자꾸 되뇌어 본다. '일 십 백 천 만'을!

단풍나무 길 끝에는

　어느덧 11월이 다가서고 있다. 뭇사람의 마음을 설레게 했던 단풍 잔치가 끝나고 감나무 잎사귀가 바람결 따라서 심하게 춤을 춘다. 문득 작년 이맘때 선기를 찾아갔던 일이 떠오른다. 아프다는 소식만 들었지 어디에 있는지를 몰라서 안타까워하다가 용인의 한 요양병원에 있다는 것을 알게 되었다. 반가운 마음에 쉬는 토요일, 작정을 하고 길을 나섰다. 내가 근무하는 분당 곁, 용인이라는 말에 쉽게 찾을 것이라 여겼다. 인터넷으로 병원의 위치를 확인하고 버스 노선까지 챙겼으니 이제 가는 일만 남았다.

　남부터미널에서 시외버스를 타고 한 시간가량 가서 내렸을 때에는 다 온 것 같았다. 그런데 아무리 기다려도 내가 타야할 차는 오지 않았다. 낯선 길 버스 정류장 응달에서 목을 빼고 이제나저제나 기다렸다. 슬슬 온몸에 냉기가 기어오르는 것도 모르고. 가게 문을 연 곳도 없고, 텅 빈 길거리엔 바람만 이리저리 아우성치며 돌아다녔다. 숫자가 빼곡히 들어찬 버스 운행 시간표를 발견한 것은 한 시간도 더 지난 무렵이었다. 아뿔싸, 이곳은 시외라서 배차 간격이 멀다는 걸 미처 몰랐다. 그동안 도착한 버스에선 간간이 사람들이 내렸고 어디론가 종종걸음으로 사라졌다. 동태가 되기 직전에 결국 병원에 전화를 걸었더니 택시를 타고 들어오라고 한다. 택시를 타니 채 십 분도 안 되는 거리인데. 병원 뒷산의 병풍 같은 나무들이 미처 떨구지 못한 붉고 노란 잎을 흔들며 나를 맞아주어 조금 위로가 되었다.

마침 점심시간인지 환자들이 식사를 하고, 보호자들은 같이 먹거나 이야기를 나누거나 했다. 선기 아들의 얼굴을 발견한 나는 반가운 나머지 재빠른 걸음으로 다가섰다. 나를 발견한 청년이 엉거주춤 일어나는데, 내 입에선 "석원아, 엄마는?" 이 말이 튀어나갔다. 그가 내미는 손끝을 따라 보다가 나는 그만 숨이 멎는 줄 알았다. 구부정하게 앉아 등을 보이던 뒷모습. 머리가 하얗게 센 선기였다. 나는 앙상하게 마른 그녀를 끌어안고 눈물을 흘릴 뿐 한 마디도 할 수 없었다. 그곳에 가기까지 내가 고생한 것쯤은 정말 아무것도 아니었다. 사 가지고 간 모자를 씌워주었다. 끝도 모를 슬픔이 끄억끄억 올라와서는 절망의 강물에 휩쓸려갔다.

사실 그녀는 내 막냇동생과 함께 울고 웃던 죽마고우이다. 나보다 다섯 살 어린 그녀는 나를 큰언니라고 불렀고, 나도 또한 착하고 쾌활한 그가 친동생처럼 느껴졌다. 한 동네에서 자라고, 비슷한 시기에 결혼하여 아이들을 키우며 참 많은 것들을 공유하고 살았으리라. 동생이 미국으로 이민을 가자 서로 그리워한 것은 당연한 일이다. 우리 가족이 미국에 동생을 보러 간다고 하자 그도 따라 나섰다. 그 두 사람은 미국에 있는 동안 무슨 할 말이 그리도 많은지 틈새 시간을 찾아가며 이야기를 나누었는데. 지금 한 친구가 아프고, 또 한 사람이 그를 그리며 멀리서 울고 있다.

물 몇 모금 마신 후 병실로 와서 침대에 앉은 선기는 아들에게 이것저것 시키기 시작했다. 아침 일찍부터 몇 시간씩 추위에 떨며 고생하다 간 것을 알고는 따뜻한 물을 떠오라고 시키고, 떠 오면 다시 컵을 깨끗이 씻어 새 물을 떠 오라고 했다. 그러면서도 아들이 안 보이면 희미한 목소리로 힘겹게 말을 잇는다.

"언니, 우리 아들— 걱정 많이 했는데. 시켜보니 꽤 다부지게 잘 하네! 저래서 —어떻게 사나 걱정했는데 괜찮을 거 같아요. 꼭 찼어!"

"그래, 잘 할 거야. 누구 아들인데. 걱정하지 마!"

사이사이에 잠시 기운이 쇠잔해지고 약이 독해서 잠을 자는 듯 하다가도 의식이 명료해지면 다시 끊어질 듯 말을 잇곤 한다.

"석원아, 미국에 있는 재원이, 재일이하고도— 친형제처럼 지내야 돼!"

정신을 모으려고 애쓰는 모습이 애처로우면서도 감히 흉내 내지 못할 삶의 결연한 의지 같은 것이 다가와 숨도 크게 쉬지 못하고 바라보았다. 암 투병으로 생명의 빛이 가물거리면서도 어머니이기에 온 힘을 다하는 그녀. 동생이지만 외경심이 느껴져서 '선기야, 넌 참 잘 산 거야!' 마음속으로 되뇌었다. 돌아가려는 나를 붙잡고 자기 동생네 부부 차에 함께 동승하여 가도록 교통정리까지 하였다. 이를 지켜보며 아들은 무엇을 생각하였을까. 나는 다섯 시가 다 되어서야 다시 오겠다며 병원을 떠났다.

길가엔 하루의 고단함을 떨어내는 햇살 속에서 단풍나무가 마지막 향연을 베풀고 있었다. 그 단풍나무 길 끝에는 자신의 고통을 결연한 의지로 참아내는 숭고한 혼이 살아 숨 쉬고 있다. 그다음 주에 꼭 다시 가려고 했지만 나는 그만 일이 있어 가지 못했다. 그리고 11월이 다 가기도 전에 부음을 듣고야 말았다. 쌀쌀한 날씨가 마음까지 춥게 만들던 날, 노란 옷을 입고 활짝 웃던 그의 영정이 떠오른다.

눈을 감으면 단풍나무 길 끝에는 모자를 쓴 그녀가 맑게 웃고 있다.

"언니, 고마워요. 이 모자 이따가 쓸게요. 밖으로 나가면 추우니까!"

오늘따라 이 말이 자꾸 귓가에 맴돌고 있다.

행복을 향한 점찍기

나는 '여덟 단어'라는 인문학 강의서와 함께 2014년 갑오년을 시작하였다. 이 글의 박웅현 작가는 여덟 단어를 화두로 인생을 행복하게 살기 위한 자세를 제시하고 있다. 마침 한 해를 설계하는 시점이어서 고즈넉한 성찰의 기회가 되었다. 인생은 '자존, 본질, 고전, 견(見), 현재, 권위, 소통'이라는 싱싱한 재료를 담아낼 아름다운 그릇이라고 글쓴이는 말하고 있다. 그가 딸아이에게 해 주었던, 혹은 해 주고 싶은 이야기를 차분하게, 그러나 열정적으로 들려준다. 글을 읽는 동안 그의 단어는 어느덧 나에게도 친근하게 다가선다.

경험 위주의 담담한 이야기는 나를 읽게 하고, 보게 하고, 깊이 생각하게 하는 힘을 가지고 있다. 그러면서 저자가 이루어낸 광고 문구 ─그녀의 자전거가 내 가슴속으로 들어왔다(빈폴), 나이는 숫자에 불과하다(KTF) —를 떠올리게 된다. 그는 이미 낯선 이가 아니라 이웃처럼 느껴지기도 한다.

특히 여덟 단어 중, 첫 단어인 '자존'은 나를 오래도록 생각에 잠기게 했다. 이를 테면 살아가면서 기준점을 바깥에 심어 남과 비교하지 말라는 말이다. 열심히 살다 보면 자신도 모르게 남과 비교하게 되고, 자신만 처지는 것 같아서 가슴속에 쓸쓸한 바람이 스쳐갈 때도 더러 있지 않은가. 우리에게는 오직 각자의 별이 있을 뿐이라는 표현이 마음에 와 닿는다. 사는 동안 내 마음에 뿌려진 점들을 연결하면 나의 별이 된다고. 내 별을 찾는 것이 행복해지는 유일한 힘이요, 길이라고 전한다. 내 인생에는 과연 어떤 점들이 뿌려졌을까 새삼스레 생각하였다.

나는 세상에 태어나서 학교에 다닌 것밖에는 한 일이 별로 없는 듯 느껴질 때가 간혹 있다. 초등학교에 입학한 이후 대학교를 졸업할 때까지 배우느라 줄곧 학교에 다녔다. 그리고는 교사가 되어 학교에 나가기 시작하였다. 그것으로도 부족하여 늦은 나이에 대학원을 다녔으며, 지금도 여전히 학생들을 가르치느라 학교에 가고 있다. 학교와 집을 오가는 반복적인 삶. 학교라는 공간을 빼고 내 인생의 시간을 말할 수 없을 듯하다. 그래서일까. 교정에서 들리는 아이들의 아우성이 오히려 나에게는 친숙하고, 그들을 생각하면 나무에 물오르듯 힘이 솟곤 한다.

선생이 되어 만난 수많은 학생들. 그들에게 나는 어떤 사람이었을지! 순간 많은 얼굴이 스쳐간다. 담임을 하는 동안 적어도 일 년에 몇 명씩은 나를 고뇌하게 했을 테니 내 안에 아픈 점들이 무수히 뿌려졌으리라. 집 나간 제자 걱정에 눈물지으며 밤을 지새우기도 하였다. 학교에는 등교했지만 가출 중인 아이가 집으로 돌아갈 때까지 가슴 졸였던 순간순간들. 끝끝내 방황하던 아이를 찾으러 수원으로, 성남으로 헤매던 나날도 있었다. 가출한 엄마를 닮았다는 이유로 아버지에게 재떨이로 맞아 피 흘리던 아이. 그를 찾아 새벽같이 병원으로 달려갔던 일 또한 주마등처럼 스쳐간다. 예상치 못했던 많은 일들을 겪으며 늘 최선을 다하려 했는데, 아이들은 내 마음을 알기나 했을까.

하지만 사실 그런 게 중요한 것은 아니리라. 오직 그 아이만을 생각하면서 어려움이 잘 풀리기를 바랐던 것은 순전히 내 몫이니까. 어떻게 할지 마음 졸이며 궁리하고 또 궁리하였다. 그들에게 손을 내밀고, 내 손을 잡기를 간절히 바랐다. 아픔 속에서 시간이 흐르고, 아이들은 다른 세상을 향해 떠났다. 한 해, 두 해 지나다 보니 시간이 그 모든 것을 해결해 준다는 것을 차츰 알게 되었다. 내 몫을 다하고 기다리다 보면 그들은 자신을 점차 알아갔고, 자기 길을 찾아서 갔다.

그것을 미처 깨닫지 못했을 때는 마음이 늘 아프고, 속이 타들어가는 듯하였다. 수업 시간에 "나이 사십이 되면 자기 얼굴에 책임을 져야 한다."는 링컨 대통령의 말을 인용하면서도 정작 내 미간에는 주름살이 자리잡아갔다. 나는 정작 어떤 점들을 내 안에 찍었던 것일까.

내 생각이 옳다고 굳게 믿어서 진심을 다해 노력하였지만 그것은 마음뿐, 나의 의도와는 전혀 다르게 되는 경우도 있었다. 학생들 말에 귀 기울이며 그들의 얼굴을 바라보느라 놓친 것도 더러 있다. 친구들이 자연스럽게 앞으로 나아갈 때도 나는 늘 한 자리에 머물러 있었다. 그렇다고 특별히 남을 부러워하지도 않았으며, 나는 내가 원하는 길을 가느라 분주하기만 하였다. 곁눈질 한 번 없이 '좋은 선생님이 되고 싶다.'는 어릴 적 꿈을 향해서 한 걸음씩 나아갔다.

돌아보면 시간이 언제 이렇게 흘렀나 싶을 정도로 나는 아주 멀리 와 있다. 진작 뒤를 돌아보며 쉬엄쉬엄 걷기도 하고, 눈부시게 푸른 하늘을 바라볼 수 있었다면! 때로는 뒤돌아보고 멀어져가는 아이들 뒷모습도 볼 줄 알았더라면 훨씬 좋은 결과가 있지 않았을까 싶기도 하다. 아이들의 푸른 그늘 속에서 경험 부족으로 자꾸 허점을 찍기도 했던 지난날. 내가 찍은 그만큼의 점들에 대해서 이제야 조금씩 알아채고 있다니….

이 책에서는 그 점들이 연결되어 내 별이 된다고 하니 다시 생각하게 된다. 어찌 보면 지난 시간은 내 그릇보다 훨씬 많은 것을 넘치도록 담을 수 있었던 감사의 연속이지 않은가. 마흔 중반의, 같이 나이 들어가는 제자들은 삶의 현장에서 최선을 다해 살고 있고, 옛 스승의 고충을 짐작하여 에두르는 지혜를 발휘할 때가 있다. '고생 끝에 낙'이라고 아이들과 살아가는 요즘의 나날들은 감사하기까지 하다.

지금도 여전히 힘든 때가 있다. 하지만 내 곁에 와서 반갑게 웃으며 인사하는 중학교 1학년 학생도, 집중해서 공부하는 초롱초롱한 눈빛도, 요즘 갈등이 심하다고 수줍게 털어놓는 아이도 있지 않은가. 이는 내가 교사가 아니라면 이 나이에 누리지 못할 호사다. 앞으로도 내 삶의 대부분인 아이들을 향한 짝사랑을 멈추지 못할 듯하다. 좌충우돌 내 안에 또 많은 점을 찍겠지만 이제는 두렵지 않다. 후회도 하지 않으련다. '자존'의 마음을 잃지 않고, 현재 여기 있음에 감사하며 점을 찍다 보면, 나도 내 별을 찾게 되리라.

잎이 무성한 여름날에도 보이지 않던, 나무 본연의 모습을 안개 낀 겨울날 오롯이 실감했던 순간이 떠오른다. 안개 속에서 길을 가듯 분명치 않던 내 삶의 실체가 또렷이 다가오는 듯하다. '돈오점수(頓悟漸修)'라는 말을 다시 생각한다. '갑작스럽게 깨닫고 그 깨달은 바를 점차적으로 수행해 가다'라는 의미를 곱씹는다.

이제 내 인생의 여덟 단어는 무엇인지 천천히 고르며, 내 안에 행복을 향한 점찍기를 해야 하지 않을까. 가랑비같이 젖어드는 그의 생각들이 잔잔한 메아리가 되어 분주한 내 주변을 서성이고 있다.

김희경 에세이

잠깐 망설였어

김 희 경 에 세 이

잠깐 망설였어

김희경 에세이

잠깐 망설였어

김 희 경 에 세 이

잠깐 망설였어